強盜的女兒

阿思緹·林格倫
Astrid Lindgren

張定綺 譯

目次

導讀

強盜的兒女不強盜

劉鳳芯（中興大學外文系副教授）

《強盜的女兒》（一九八一）是瑞典童書國寶林格倫最後一本創作，匠心獨運、歷久彌新。故事描述兩幫強盜家族，宿以打劫途經林中的百姓商旅為生，各據山頭、勢均力敵，日子過得倒也粗獷豪邁、相安無事。不過當兩家族在同一個雷電交加的暴風雨夜不約而同各自產下後輩、外加官兵掃蕩強盜決心步步增強，一連串追風逐北的恩怨情仇就此展開。故事中父輩強盜誓不兩立、不共戴天，但兩家族的一男一女獨子卻暗通款曲，不僅私下以手足相稱，更相互扶持、默許；甚至，在兩家族水火不容的顛峰，相約私奔至森林，展開一段徒手打拼的原始生活。此書巧妙結合童話元素、羅蜜歐與茱麗葉故事，以及魯濱遜漂流的情節，但故事結尾無人殉情、也沒拒斥荒山生活，更未應允生活從此幸福快樂，而是強盜的女兒以一聲春天的嘶吼，讓高昂、歡快的聲音穿透森林，直達遠方。

從童話角度言，《強盜的女兒》書中建置的森林、城堡場景，以及無明確時空、但書中人物仿若中世紀時代的生活，已具備童話氛圍。童話故事不可缺少公主與王子，本書則以馬特幫強盜頭子掌上明珠隆妮雅和鮑家寨公子柏克為代表。本書另一童話特質，乃讀者對於書中主角弱勢身分的主動主觀認同——正如讀者對於經典童話〈傑克與魔豆〉故事主角掠奪巨人家當的道德擱置。「強盜」行當在現實世界多處於批判、受罰處境，寫入童書更是敏感，不過在《強盜的女兒》書中，故事大幅淡化馬特和鮑卡等人的強取偷盜，反倒三番兩次強調他們如何受到官兵追逼、無以為繼，使馬特等強盜幫相較官方已是弱勢，首先博得讀者垂憐與認同。後來，隆妮雅、柏克相繼宣布另起爐灶、不續家業，不僅獲得形同馬特之父和隆妮雅之祖的老強盜大頭皮特強力背書，皮特在故事中亦多次警告強盜的吊死下場。凡此種種描述，皆抑制書中對於強盜設角的可能宣揚、降低隆妮雅身為強盜女兒的爭議，延續了此書的童話基調。

至於書中王子與公主的互動，則又一舉超越童話向來輕描淡寫、籠統婉約的描述，晉升至猶如羅蜜歐與茱麗葉般濃烈難分、誓死不離的層次，而且情感捕捉細膩。《強盜的女兒》書中的小倆口面對家族壓力，一如莎翁同名悲劇的男女主角選擇逃離，但不同的是，林格倫筆下流著維京人血液的少男少女在北國森林中找到足夠的寄託與滋養、目睹與感受豐沛生命力，外加他們生性樂觀、年輕昂揚、行動果決積極，不僅因而展開一段充滿冒險與驚奇的荒山林洞日子，透過胼手胝足的開創過程驗證，甚至確立兩人情感，轉化家族成見，走出分離、殺戮，或死亡的宿命。以強盜的女兒隆妮雅為例，她翻轉了多數家庭親強子弱的權力關係，迫使強勢的父親馬特首先軟化，親赴洞穴懇求女兒回家，並尊重女兒決定。

《強盜的女兒》書中第十一至十六章描寫隆妮雅和柏克住在大熊洞的荒山野林生活，篇幅占全書三分之一，內容寫實具創造性，也富含深刻體察及人生哲思，讀來讓人一忽而心情振奮、時而又陷入咀嚼迴盪，十分精采。林格倫在此寫出森林微妙的晴雨、溫溼及光線變化，隱身林間的超自然物種如灰侏儒、地底女妖，森林資源如樹枝與木材、青苔、野馬和牝馬提供的乳汁、松雞、河中鮭魚等，面向涵蓋森林的神祕、奇幻、驚奇、療癒、滋養、以及生機，畫面琳瑯豐富、目不暇給，情緒飽滿，可見作者體悟和記憶深入超群，即便年逾七十才提筆創作此書，依然能再現身歷其境的感受。

說起《強盜的女兒》與本地的淵源，此回可謂隆妮雅第三度與臺灣讀者照面。早在一九九六年《強盜的女兒》便已登「臺」（時報出版）；二〇〇八年二露「臺」面（遠流出版）。此回三度叩關，譯文皆出自張定綺；張譯流暢文筆不啻隆妮雅最佳中文代言，可惜已成絕響。張定綺曾遠赴瑞典斯德哥爾摩親訪林格倫，寫成真摯有力之作〈隆妮雅的凝視——我的林格倫印象〉。譯者因逐字逐句翻譯原著，可謂更加貼近作者思想與心靈；親炙作者機緣，更是難能可貴經驗。讀者不妨查找，從中窺見作者面貌。

強盜的女兒

她是瑞典國寶

尊敬的夫人，在目前從事文藝活動的瑞典人中，大概除了英格瑪．柏格曼之外，沒有一個人像您那樣享譽世界。

您在這個世界上選擇了自己的世界，這個世界是屬於兒童的，他們是我們當中的天外來客，而您似乎有著特殊的能力和令人驚異的方法認識他們和了解他們。瑞典文學院表彰您在一個困難的文學領域裡所做的貢獻，您賦予這個領域一種新的藝術風格、心理學、幽默和敘事情趣。

——阿托爾．隆德克維斯特（瑞典文學院院士）

1

隆妮雅誕生的那個晚上，山裡下了一陣大雷雨，雷電交加，風狂雨驟，整個馬特森林的矮人族全都嚇得躲回洞裡或藏身處。只有天生喜歡暴風雨的哈培鳥，繞著馬特山的強盜寨子，邊飛邊發出淒厲的叫聲。牠們的噪音吵到了正躺著待產的拉維絲。她跟馬特說：「去給我把那些該死的哈培鳥趕走，讓我靜一靜，否則連我都聽不見自己唱的歌了！」

原來拉維絲喜歡一面待產一面唱歌，她堅持說，這樣生產才會順利，而且寶寶聽著歌聲，將會愉快的降生人間。

馬特拿起箭弩，從牆堡的箭垛射了幾箭。他高喊道：「滾吧，哈培鳥！咱今晚要生孩子——給我放明白點，你們這些老妖精！」

哈培鳥呼呼叫道：「嚇，嚇，他今晚要生孩子。雷鳴閃電下出生的小孩，一定長得又矮又醜。嚇，嚇！」

馬特又射了幾箭，可是牠們一邊嘲弄他，一邊怒叫著從樹梢上飛走了。

就在拉維絲躺著一面待產一面唱歌，馬特想盡辦法驅趕野性難馴的哈培鳥時，他的手下卻都坐在大石牆下面的火堆旁大吃大喝。他們的言行舉止跟哈培鳥一樣粗野。這也難怪，他們十二個人全都在等著塔樓裡即將發生的大事，而等待的時候總得找點事做，好打發時間嘛！自從他們落草幹強盜以來，馬特堡從來不曾有過小孩出生。

大頭皮特等得最心急。

他說：「那個強盜寶寶最好快點兒生下來。我老了，背也彎了，就要不能幹強盜勾當了。我只希望我完蛋以前，能看到這兒出個新強盜頭子。」

他話還沒說完，門砰的大開，馬特衝了進來，一副高興得不知如何是好的模樣。他繞著大廳跑，興奮得跳了半天高，瘋子似的大喊。

「我有孩子了！你們聽見了嗎？——我有孩子了！」

大頭皮特在角落裡發問：「什麼樣的孩子？」

馬特嚷道：「強盜的女兒，當然是歡天喜地的孩子！強盜的女兒——她來了！」

拉維絲抱著孩子從塔頂一步一步走下來，所有的強盜頓時變得鴉雀無聲。

馬特說：「我看你們要喝不下啤酒了。」他從拉維絲手上接過女娃娃，把她抱給每一個強盜看。

「這裡，想不想看強盜城堡有史以來最漂亮的寶寶？」

他的女兒躺在他懷裡，瞪著亮晶晶的大眼睛抬頭看他。

馬特說：「你們看，這孩子已經很懂事了！」

大頭皮特問：「你叫她什麼名字？」

拉維絲說：「隆妮雅。我老早就決定了。」

「那妳要是生個男孩怎麼辦？」大頭皮特問。

拉維絲冷冷的瞪他一眼，「我決定給我的寶寶取名隆妮雅，就會有一個隆妮雅生下來。」

她隨即轉向馬特說：「我把她抱走，好嗎？」

可是馬特不願意把女兒交出來。他站著欣賞她清澈的眼睛、小巧的嘴巴、毛茸茸的黑髮、無助的小手，內心湧起的父愛讓他發抖。

他說：「妳呀，小寶貝兒，妳已經把我這強盜的心捏在小手裡了。我真不懂，可是就是這樣。」

大頭皮特說：「我抱她一下好嗎？」馬特就把隆妮雅像一枚金蛋似的，交到他懷裡。

「我把你們一直在談論的新強盜頭子交給你了。你千萬別摔了她，否則你的死期就到了！」

大頭皮特只是咧開一張沒牙的大嘴，對著隆妮雅笑。他把她舉上舉下好幾次，說：「她輕飄飄的沒一點重量。」

這可把馬特惹火了，他一把搶回嬰孩。「你想要怎麼樣，笨蛋！你要一個大肚皮、滿嘴山羊鬍的胖強盜頭嗎？哼！」

所有的強盜立刻覺悟到，如果想讓馬特維持好心情，就最好不要對這孩子做任何不利的評語。既然惹火馬特是很不聰明的行為，他們當然就對小娃娃讚不絕口，又乾了好幾大杯的啤酒為她祝賀，這使得馬特很開心。他坐在他們中間的高椅上，一再炫耀他了不起的孩子。

馬特說：「這下子可要讓鮑卡難過死了。他會蹲在他的強盜窩裡，妒忌得咬牙切齒。是啊，天打雷劈的！他磨牙的聲音會教整個鮑卡森林裡的野哈培鳥和灰侏儒都豎起耳朵，相信我！」

大頭皮特得意的猛點頭，他低聲竊笑說：「一定的，鮑卡一定恨死了。現在馬特後繼有人，鮑卡卻注定絕子絕孫。」

馬特說：「是啊，他百分之百的絕後了。據我所知，鮑卡還沒有孩子，而且以後也不可能有。」

這時打了一聲大響雷，聲音之大是馬特森林裡從來沒聽過的，甚至強盜們也嚇得臉色發白，身體不怎麼好的大頭皮特仰天倒在地上。隆妮雅突然哭了起來，這給馬特的震撼可比雷聲還嚴重。

他尖叫：「我的孩子在哭！我們怎麼辦？我們怎麼辦？」

站在一旁的拉維絲可鎮定得很。她把寶寶接過來，摟在胸前，哭聲就立刻停了。

大頭皮特也鎮定下來說：「好大一個雷，我打賭它打壞了什麼東西。」

沒錯，第二天早晨，他們就發現雷電造成的破壞。馬特山頂的古堡從中間裂成兩半，從最高的城堞到最深的地牢，整個城堡一分為二，中間有一道大裂縫。

拉維絲懷裡抱著孩子，站在斷裂的牆壁前，觀察這場災難時說：「隆妮雅，妳的生命有一個轟轟烈烈的開始呢。」

馬特像頭野獸般勃然大怒。這種事怎麼可以發生在他祖宗傳下的古堡裡？好在馬特對任何事都氣不久，他總可以找到讓自己寬心的藉口。

「唉，好吧，這樣我們就不必照顧那麼多拐彎抹角的地方和地窖了。也說不定再沒有人會在馬特古堡裡迷路了。還記得大頭皮特有次迷路，隔了四天才回來嗎？」

大頭皮特可不喜歡人家提這件事。迷路難道是他的錯？他不過是想知道馬特古堡究竟有多大，多複雜罷了，結果他發現這兒果然大得夠讓人迷路。可憐的傢伙，當他終於摸回石砌的大廳時，已經半死不活了。謝天謝地，幸好強盜們在叫鬧喧嘩，發出的噪音老遠就聽得見；要不然他就永遠回不來了。

馬特說：「反正我們根本用不到整座古堡。我們還是可以使用我們一直住的大廳、臥室、塔樓，唯一讓我不開心的是少了個廁所。是啊，天打雷劈的！它現在變成在裂縫的另一邊了，要是有誰在我們的新廁所蓋好前憋不住，我會同情他。」

不過這件事很快就解決了，馬特堡的生活又恢復舊觀——只不過現在多了個小孩。在拉維絲看來，這個小娃娃逐漸把馬特和他的強盜搞成瘋子了。倒不是說讓他們變得手腳輕一點、態度溫和一點，會對他們有什麼壞處，可是任何事都該適可而止。看著十二個強盜和一個強盜頭子，像一群小綿羊般坐在那兒，只因為一個小小孩學會繞著石牆爬，就笑得幸福得什麼似的，彷佛地球上從來沒有發生過更偉大的奇蹟，這不能不說是怪事。隆妮雅確實爬得特別快，這歸功於她會一招用力蹬左腳的獨門怪招，強盜們都覺得這事不可思議到極點。可是正如拉維絲說的，大多數的小孩早晚都能學會爬，沒有人會為此喝采，他們的父親更不至於因此把其他事都忘得一乾二淨，尤其是忘了工作。

有一天，馬特帶著一群強盜們提早回家，只為了趁拉維絲把隆妮雅放進吊籃裡睡覺前，餵她吃麥片粥。拉維絲忍不住嚴厲的問：「你想讓鮑卡把馬特森林的打劫工作也接收過去嗎？」

可是馬特根本沒把這種話聽進耳裡。

「我的隆妮雅，我的小鴿子。」他大聲喊道。他一進門，隆妮雅就使勁蹬著左腳，箭也似的衝過地板向他爬來。他就坐著，讓小鴿子坐在他膝上，餵她吃麥片粥，十二個強盜都圍著看。粥碗放在爐子上，得伸長手臂才搆得到，馬特粗大的強盜手又笨拙得很，大部分粥都潑灑在地板上。隆妮雅又常常碰翻湯匙，所以也有不少粥飛濺到馬特的眉毛上。第一次發生這種事的時候，眾強盜笑得太大聲，把隆妮雅嚇哭了，可是她不久就發現這件事很有趣，值得一做再做，這帶給強盜嘍囉們的快樂遠超過讓馬特開心。可是另一方面，馬特覺得隆妮雅做的每一件事都是舉世無雙，她自己更是無人能比。

連拉維絲看見馬特坐在那兒，膝上抱著孩子，眉毛上沾著麥糊，也忍不住要笑。

「親愛的馬特，誰還想得到你是所有森林和山岳中最威風的強盜頭子呢！要是鮑卡看到你現在這副模樣，一定會笑破肚皮。」

「我會很快就讓他笑不出來。」馬特鎮定的說。

鮑卡是馬特最大的敵人，就像鮑卡的父親和祖父一直是馬特的父親和祖父最大的敵人一樣——是的，從不知道什麼時候開始，鮑卡家族和馬特家族就結了仇。他們世代都做強盜，永遠守候在密林深處，讓必須騎馬、駕馬車通過的善良老百姓提心弔膽。

大家都說：「上帝保佑那些必須通過強盜小徑的人。」指的就是位於鮑卡森林和馬特森林中間的那條山隘。那兒永遠有強盜在守候，對於被搶的路人而言，鮑卡的強盜或馬特的強盜沒什麼不同，可是對馬特和鮑卡，差別可就大了。他們為了爭奪戰利品，不惜犧牲生命。要是沒有足夠的行商經過強盜小徑，他們也會毫不猶豫的互相搶劫。

隆妮雅對這一切都毫無所知，她還太小。她不知道自己的父親是人人害怕的強盜。在她眼中，他就是和藹可親的大鬍子馬特，他愛笑、愛唱歌、愛大聲吼叫，還會餵她吃麥片粥，她好愛他。

可是她一天天長大，不久就開始探測周遭的世界。有很長一段時間，她把石砌大廳當作全部的世界。她喜歡那兒；覺得坐在大長桌下非常安全，可以玩馬特帶回家來給她的鵝卵石和松毬。石塊建造的大廳對小孩子不是個壞地方。那兒有好多好玩的事，也可以學會很多東西。

隆妮雅喜歡晚間強盜們圍在火堆旁唱歌的時候。她安靜的坐在桌子底下，直到把每一首強盜歌謠都牢記在心。然後她跟他們一起唱，她的聲音清澈如銀鈴，馬特聽到他舉世無雙的孩子唱得這麼好，也很驚訝。她也無師自通學會了跳舞。強盜們心情好的時候，會像瘋子般在房間裡跳來跳去，隆妮雅很快就看清箇中的竅門，她蹦蹦跳跳，還教強盜們跟著做，馬特看得大樂；當強盜們跳累了，趴在長桌上，用一大杯啤酒澆熄喉中的乾渴時，他就為女兒吹噓。

「她跟野哈培鳥一樣美，我告訴你們！一樣的靈活、還有一雙黑眼睛和黑頭髮。你們這輩子從來沒看過這麼棒的孩子，我告訴你們！」

強盜都點頭表示同意。可是隆妮雅默默坐在桌下，玩她的鵝卵石和松毬，她看見強盜穿著蓬鬆毛皮拖鞋的大腳，就假裝它們是不聽話的山羊。拉維絲擠羊奶時，曾經帶她去羊圈，所以她看過一些羊。

隆妮雅年輕的生命中，看過的東西大抵就只有這麼多。她一點也不知道馬特堡外面的情形。一個大晴天，馬特想到——雖然他不喜歡這念頭——時候到了。

他跟妻子說：「拉維絲，咱們的孩子必須知道馬特森林的生活是怎麼回事。讓她去吧！」

拉維絲說：「喔，你總算想到了。如果由我作主，早就這麼做了。」

從那天起，隆妮雅就可以自由自在的到處跑。不過馬特還有一、兩件事得先跟她說。

「當心野哈培鳥、灰侏儒，還有鮑卡的強盜。」

隆妮雅問：「我怎麼會知道什麼是野哈培鳥、灰侏儒，還有鮑卡的強盜？」

「妳會知道的。」馬特說。

「好吧。」隆妮雅說。

馬特說：「還有，小心，別在森林裡迷路。」

隆妮雅問：「如果迷路，我該怎麼辦？」

馬特說：「找到正確的路。」

隆妮雅說：「好吧。」

「還有，小心，別摔到河裡。」馬特說。

「我要是摔到河裡怎麼辦？」隆妮雅問。

馬特說：「游泳。」

「好吧。」隆妮雅說。

「還有，小心，別跌進地獄溝裡去。」馬特說。

他指的是把馬特堡一分為二的那道大裂縫。

「我要是跌進地獄溝，又該怎麼辦？」

「妳再也不會有別的事做了。」馬特說，他發出一聲痛苦的大吼，好像某種邪惡的東西忽然刺穿了他的心。

馬特吼完，隆妮雅說：「好吧，我一定不跌進地獄溝就是了。還有什麼要注意嗎？」

「當然有，妳會逐漸發現的。去吧！」馬特說。

2

於是隆妮雅出發了。她很快就發現自己過去是多麼愚蠢：她怎麼會把石砌的大廳當作全世界？甚至巍峨的馬特堡也不是全世界，甚至高聳的馬特山也不是全世界——不，全世界比馬特的生活圈大得多了。它大得讓你喘不過氣來。當然，她曾經聽馬特和拉維絲談過馬特堡以外的事物。他們提到過河流，可是直到她在馬特山底下，親眼看見地層深處湧出的湍急激流噴濺而下，她才知道河流是什麼。他們提到過森林，可是直到她親眼看見那麼多隨風拂動的樹木，顯得那麼黝暗而神祕莫測，她才知道森林是什麼。因為河流和森林的存在，她綻開無聲的微笑。太不可思議了！

她沿著小徑筆直走進人跡最罕至的密林深處，來到湖邊。馬特曾告誡她，只許走這麼遠。湖就在那兒，黑沉沉的映著漆黑的松林，只有漂浮在水面上的蓮花閃現幾點白光。隆妮雅不知道它們叫蓮花，可是她盯著它們看了很久，並且因為蓮花的存在而綻開無聲的微笑。

她整天流連在湖畔，做了很多從未做過的事。她把松毬拋進湖裡，試著靠雙腳踢水的力道使它們漂走。她從來沒玩得這麼開心過。用腳踢起水花的感覺好舒暢、好自由，可是用腳攀爬更覺得痛快。水邊有很多長滿青苔的大石頭，還有松樹和杉樹，都等著她攀登。隆妮雅爬呀爬呀，直到太陽往西沉落在蒼翠的山脊後面。她吃了一些隨身帶來的麵包，喝了牛奶，躺在青苔上休息一會兒。樹枝高高的在她頭上沙沙作響。因為它們的存在，她躺著綻開無聲的微笑，然後就睡著了。

她醒來的時候，夜已經很黑，可以看見星星在樹梢上燃燒。她這才明白，世界比她以為的又更複雜。想到星星雖然存在，可是不論她如何努力伸出手臂，都永遠無法碰到它們，她覺得好難過。

現在她待在林子裡的時間已經超過了，應該回家了；她知道，要不然馬特會發瘋的。

星子映在湖水裡，其他的一切都變成最深的黑色。

就在她準備動身離開的時候，她想起她裝食物的皮袋。那個皮袋還放在她坐著吃東西的大岩石上，所以她在黑暗中爬回大石上去取袋子。她相信站在高高的岩石上，會更接近星星，所以她伸出手試試看能不能摘下幾顆，裝在皮袋裡帶回家。但是沒什麼用，她只好拿了皮袋，爬下岩石。

這時她看到讓她害怕的東西。林間到處都是閃閃發光的眼睛，她先前一直沒注意到，大岩石周圍有一圈眼睛，正盯著她看。她從來沒見過會在黑暗中發光的眼睛，她不喜歡這些眼睛。

「你們要幹什麼？」她喊道，可是沒有回答，那些眼睛反而湊得更近。他們慢慢的、一寸寸的逼上前來。她聽見喃喃低語的聲音，怪異、含糊、蒼老的聲音，合成一片嗡嗡的呢喃聲。

「我們都是灰侏儒！這兒有人類，人類在灰侏儒的森林裡！所有的灰侏儒來咬啊、攻擊啊！所有的灰侏儒來咬啊、攻擊啊！」

一轉眼，這些形狀怪異、不懷好意的灰東西，就到了岩石底下。她看不見他們，可是光是知道他們在那兒，就讓她直打寒噤。現在她知道他們有多麼可怕，難怪馬特叫她要當心灰侏儒。可是已經太遲了。

他們開始用石頭、棍棒和任何找得到的東西敲打岩石。一片乒乒乓乓的聲音夾雜著可怕的敲擊聲，劃破了寂靜，隆妮雅擔心性命不保，開始尖叫。她尖叫的時候，灰侏儒停止了敲打。她聽見更糟糕的聲音。他們開始往岩石上攀爬，摸黑著從四面八方逼進。她聽見他們腳步摩擦的聲音和喃喃低語：「所有的灰侏儒，來咬啊、攻擊啊！」

隆妮雅在絕望中更大聲的叫喊，她拿起皮袋，瘋狂的朝四面揮舞。他們很快就會踩在她身上，把她咬死，她知道。她在林中的第一天，也將是最後一天。

可就在這當兒，她聽見一聲大喝；只有馬特才會發出這麼可怕的吼聲。沒錯，他來了，她的馬特，還有他手下所有的強盜，他們的火炬透過林木閃閃發光，馬特的怒吼在林中迴響：「快滾，灰侏儒！趁我把你們殺光前快滾！」

隆妮雅聽見很多小身軀連滾帶爬的溜下岩石的聲音，藉著火炬的光芒，她可以看見他們——小小的灰侏儒逃入暗影裡，消失無蹤。

她坐在皮袋上，滑下陡峭的岩石。馬特立刻跑過來，接住她，把她摟入懷裡，抱她回馬特堡的家，她一路都把臉埋在他的鬍子裡哭。

「現在妳知道灰侏儒是什麼東西了吧？」他們一同坐在火爐前面，烘暖隆妮雅冰冷的小腳時，馬特這麼說。

隆妮雅說：「是啊，現在我知道灰侏儒是什麼東西了。」

馬特說：「可是妳還不知道怎麼跟他們打交道。如果妳害怕，他們老遠就感覺得到，這時他們就會變得很可怕。」

拉維絲說：「是的，世界上的事情都是這樣。所以在馬特森林裡，最安全的就是不要害怕。」

「我會記得的。」隆妮雅說。

馬特嘆口氣，抱緊她，「可是我叫妳要當心的事，妳都記得嗎？」

是的，她記得。這以後的每一天，隆妮雅對所有危險的事物都提高警覺，而且練習不讓自己害怕。馬特說過，當心不要掉進河裡，所以她在河水最洶湧的岸邊，在滑溜溜的石塊上跳來跳去時，都小心翼翼的。她最遠只能走到瀑布。要走近瀑布，她必須爬下馬特山臨河的峭壁。這樣她也同時可以練習不害怕。第一次很困難，她嚇得只有閉上眼睛。可是她的膽子愈來愈大，不久她就知道，哪兒有縫隙可以踏腳，哪兒只能靠腳趾頭的力量貼緊山壁，才不至於翻身掉進洶湧的白浪裡。

她想，運氣好的話，就能找到一個又不必擔心掉下去，又可以練習不害怕的地方！

日子就這樣過去。隆妮雅花在練習當心和膽量上的功夫，遠比馬特和拉維絲知道的多，最後她長得活像一頭健康的小動物，強壯、靈活，什麼也不怕。不怕灰侏儒、不怕野哈培鳥、不怕在森林裡迷路，也不怕掉進河裡。到目前為止，她還沒有開始拿地獄溝來練習，可是她計畫很快就要著手做這件事。

除此之外，她已經把整個馬特堡一直到它的城堞都探索過了。她設法闖進從來沒人進去過的廢棄房間，她在地下通道、黑暗的洞穴、地窖裡都沒有迷路。城堡裡的祕密通道和森林裡的祕密通道，她都瞭若指掌。可是她最愛的還是森林，每個白天，她都在林中自由自在的奔跑。

夜幕降臨，黑暗籠罩大地，石牆下的壁爐燃起熊熊的爐火，她會結束所有練習謹慎與膽量的課程，筋疲力盡的回家來。這也是馬特和他的強盜嘍囉出征回家的時刻。隆妮雅跟他們一塊兒坐在火堆前，唱強盜的歌。可是她對他們的強盜生涯一無所知。她看見他們晚上騎著馬回來，馬背上堆著貨物，布袋、皮袋、箱子、盒子裡裝著各式各樣的好東西，可是沒有人告訴她這些東西是哪兒來的。她覺得這件事就跟天會下雨一樣沒什麼稀奇，有些東西好像本來就存在——這她早就注意到了。

有時她聽他們談論鮑卡的強盜，然後她就想起她也應該要當心他們，可是她還沒看過半個。

有天晚上，馬特說：「要是鮑卡不是那麼一個壞蛋，我倒幾乎要同情他了。官兵到鮑卡森林裡去搜捕他——這些天來，他一天也不得安寧。他們不久就會把他從他的強盜窩裡趕出來——沒錯，他是個下流的惡魔，活該有這種下場，不過，還是……」

大頭皮特說：「鮑卡的強盜全都是下流的惡魔，他們全是壞胚子。」這話每個人都同意。

隆妮雅想道，馬特的強盜比他們好那麼多，真是幸運啊。她看著他們坐在長桌前呼嚕呼嚕的喝湯。這班人滿臉鬍鬚、長年不洗澡、喜歡大聲喧嘩、野蠻得很，可是沒有人敢在她面前說他們是下流的惡魔。大頭皮特、阿毛、派雷、老呆、阿凸、傑普、拐仔、結仔、泰波、湯姆、大鵬、小鬼——都是她的朋友，她知道只要是為了她，他們赴湯蹈火都願意。

馬特說：「我真慶幸是在馬特堡。我們在這兒就像狐狸在洞裡、老鷹在巢裡一樣安全。要是有官兵蠢到來這兒找麻煩，一定叫他們後悔的回去。」

大頭皮特可樂了，他接口說：「我們會直接送他們下地獄。」所有強盜都附和著，想到那些膽敢來馬特堡找碴的笨蛋，大家忍不住哄堂大笑。馬特堡位於懸崖上，從任何方向都無法接近。唯一的通道是南邊一條只容騎馬的狹窄小徑，曲曲折折通下山，消失在森林裡。馬特堡三面都是峭壁，什麼樣的傻瓜會嘗試爬上來？強盜們嘻嘻哈哈，因為他們一點也不知道隆妮雅在哪兒練習不害怕。

馬特說：「要是他們沿小徑上山，在野狼崖就死定了。我們會在那兒砸下滾石攔住他們，當然也會砸別的東西！」

「當然也會砸到別的東西。」大頭皮特跟著說，想到在野狼崖就能擋住官兵，他就偷笑。他補充說：「我年輕的時候，在那兒逮過好多頭狼。可是我現在太老了，除了自己身上的跳蚤，啥也逮不著了，喔，哈，哈，就是這樣！」

隆妮雅知道活到像大頭皮特那麼老，是件可悲的事，可是她不明白為什麼官兵和笨蛋要來惡狼崖找麻煩。不過她已經很睏了，沒力氣想，所以她就爬上床，清醒的躺著，聽拉維絲唱起「狼之歌」，提醒強盜們該從火堆旁走開，回自己的臥室去了。只有隆妮雅、馬特、拉維絲睡在石頭大廳裡。隆妮雅喜歡躺在床上，隔著簾縫看火光在拉維絲的歌聲中明滅不定。從隆妮雅有記憶以來，每天晚上都聽到她媽媽唱「狼之歌」，這代表睡覺的時間到了，可是她閉上眼睛之前總是快樂的想，明天我又會起床！

新的黎明剛來臨，她就像彈簧般跳起來。不論天氣好不好，她都要到森林裡去，拉維絲用皮袋替她裝好了麵包帶去吃。

拉維絲說：「妳是個暴風雨夜出生的小孩，也是個女巫夜出生的小孩，大家都知道，這樣的小孩天生就是小野人。可是還得小心，別讓哈培鳥給逮著了。」

隆妮雅不只一次看見哈培鳥在林梢高飛，每次她都急急跑開躲起來。哈培鳥是馬特森林所有危險生物當中最危險的一種——馬特曾經告訴她，要是不想送命，就得留心牠們。他把隆妮雅留在古堡家中那麼久，主要就是因為牠們。哈培鳥美麗、瘋狂、凶猛。牠們冷酷的眼睛在林中到處搜索，隨時準備用鋒利的爪子把獵物撕扯得鮮血淋漓。

可是哈培鳥也不能嚇得隆妮雅放棄無憂無慮的林中生活。沒錯，她是一個人，可是她也不特別懷念哪個人。她的生活不缺少誰。一個個充滿活力和樂趣的日子，飛也似的消逝。夏季過完了，秋天到了。

每當秋季來臨，野哈培鳥總變得格外瘋狂。有一天，牠們追著隆妮雅跑過整座森林，直到她覺得情況真的很危急。當然，她可以跑得跟狐狸一樣快；當然，她熟知林中每一個可供藏身的地方，可是哈培鳥頑固的追個不休，她聽見牠們尖銳的叫聲：「哈、哈，漂亮的小人兒，現在要流血了，哈、哈！」

她潛進池塘裡，游到另一端，然後爬出來，躲在杉樹叢裡。她聽見哈培鳥還在搜索，憤怒得大叫。

「小人兒哪兒去了？她在哪兒，她在哪兒？出來讓我們把妳撕碎、扯爛！要流血了，哈、哈！」

隆妮雅一直躲在藏身的地方，直到看見哈培鳥消失在樹梢。這種時候她不想再待在森林裡了，可是距離天黑，聽「狼之歌」還有好多個鐘頭，於是她想到現在正是個好時機，可以去做她計畫已久的一件事：她要爬到屋頂上去看地獄溝。

馬特堡如何在她出生的那個晚上裂開為二，這故事她聽過好多遍。馬特跟她講這件事從不厭倦。

「天打雷劈的，不得了的一條大裂縫！妳真該聽聽那響雷——唉呀，妳當然聽過，那時妳還是個剛出生的小寶貝呢！轟隆！我們的一個城堡就變成兩個了，中間有條大裂縫。千萬別忘了我曾經警告過妳——小心地獄溝。」

她現在就要做這件事。哈培鳥在森林裡發瘋的時候，她沒有更好的事可做。

她常到屋頂上去，可是從來沒有接近過那道突然裂開、沒任何城堞保護的危險裂縫。現在她匍匐而上，爬到縫口，往鴻溝的深處張望——天哪，比她原來想像的更可怕！

她撿起裂縫邊緣上的一塊碎石，丟了下去，聽見石頭在好深、好深的地方落地，她不禁打了個寒顫。聲音是那麼模糊、那麼遙遠——真的，這真的是個必須要非常當心的大溝！不過把城堡分隔成為兩半的這道裂縫並不寬，用力一跳就過去了！當然沒有人會那麼瘋狂。沒有人，不過這可能是她同時練習膽量和謹慎的好地方。她再次往裂縫深處看了一眼——天哪，好深啊！然後她四下張望，找尋一個最適合跳躍的點。就在這時，她看見了一個差點讓她吃驚得掉下地獄溝的東西。

裂縫另一頭，距她不遠的地方，坐著一個人，一個跟她差不多大的人，兩條腿掛在地獄溝上晃盪。

隆妮雅知道自己並非全世界僅有的一個小孩，只不過在馬特堡和馬特森林裡，她是獨一無二的小孩。拉維絲說過了，在其他地方小孩多的是，而且分成兩種；一種長大了會變成馬特、另一種長大了會變成拉維絲。像她自己長大了會變成拉維絲；而現在她立刻就知道，那個坐在地獄溝邊上，兩條腿晃盪的小孩長大了會變成馬特。

他還沒有看見她。隆妮雅注視著他坐在那兒，因為他的存在而自個兒微笑起來。

3

接著他看見了她，也笑了起來。

他說：「我知道妳是誰。妳就是那個在林子裡跑來跑去的強盜的女兒。我看過妳。」

隆妮雅說：「你是誰？你怎麼會在這兒？」

「我叫柏克．鮑卡，我住在這兒。我們昨天晚上搬來的。」

隆妮雅瞪著他問：「誰是『我們』？」

「鮑卡、思娣，還有我們的十二個強盜。」

她經過好一陣子才理解這些教人無法相信的字眼。最後她說：「你的意思是，現在整個北堡滿是下流的惡魔嗎？」

他大笑說：「不對，那兒只有高尚的鮑卡強盜。妳住的地方才是滿滿的下流惡魔呢——他們都這麼說的。」

他們是這麼說的！哼！她氣壞了。可是更糟的還在後頭。

柏克說：「還有，北堡也不叫北堡了，它改名叫鮑家寨——妳給我記住！」

隆妮雅氣得說不出話。鮑家寨！簡直氣死人了嘛！鮑卡的強盜真是無賴！對面那個笑嘻嘻的混蛋也是他們的一員！

她說：「天打雷劈的，你等著好了，馬特聽到這事，他一拳就能把所有的鮑卡強盜打得東逃西竄。」

柏克說：「那是妳說的。」

可是隆妮雅想到馬特，不由得打了個寒噤。她看過他大發雷霆，知道那有多可怕。馬特堡會再裂開一次，她知道，這念頭使她發出一聲痛苦的輕呼。

柏克問：「妳怎麼了？沒事吧？」

隆妮雅沒有答話。她已經聽夠了，現在得採取行動。馬特的強盜就要回家了，然後，天打雷劈的，鮑卡族每個下流的小惡魔就會一溜煙逃出馬特堡，比來時更快。

她起身要離開，可是她看到柏克正打算幹什麼？他想飛過地獄溝！他站在另一頭，從她的正對面起跑。

她尖叫道：「你敢過來，我會把你的鼻子打掉！」

「哈，哈。」柏克一躍而過。他已經來到裂縫這邊，冷笑著說：「有本事就動手啊！」

他不該說這句話；隆妮雅再也無法忍受。好吧，就算他跟他的髒鞋子踩上了馬特堡的地，可是鮑卡的強盜跳得過的鴻溝，馬特的強盜也一樣能跳。

她跳了。她自己也不知道是怎麼回事，可是她忽然之間就飛過了地獄溝，站在另一邊了。

柏克說：「不錯嘛。」他立刻又跳了回來。

可是隆妮雅不等他，她又一躍飛越那道裂縫。他高興傻站在那兒瞪著她看多久都隨他的便！

柏克說：「妳不是要揍我嗎？怎麼不來呀？那我過來嘍！」

「是嗎？」隆妮雅說。他果真過來了。可是她還是不等他。她又跳過去，她打算一直跳個不停，絕不讓他近身，有必要的話，就跳到她斷了氣為止。

這時兩人都不說話了，他們只是跳來跳去，像發瘋似的，怒氣沖沖的不斷從地獄溝的這一頭跳到那一頭。四下只聽得見他們的喘氣聲，還有坐在雉堞上的烏鴉不時呱呱叫兩聲，彷彿整座馬特堡都不敢動彈，屏息凝神，等著可怕的結局隨時發生。

隆妮雅想道，是的，不久我們兩個都會摔進地獄溝。可是那樣至少就不需要再繼續跳個沒完沒了！

柏克又從裂縫那頭跳過來，直接撲向她，她也準備再跳過去。她已經不記得跳了多少遍——好像她這輩子唯一要做的事，就是在深溝上跳來跳去，逃避鮑卡家族的流氓。

接著她看見柏克剛好在邊緣一塊鬆弛的石頭上落腳，滑了一下，他喊了一聲，就消失在鴻溝裡。

這以後，她就只聽見烏鴉叫了。她閉上眼睛，她寧願今天的事不曾發生，柏克不曾存在，他們也不曾比賽跳鴻溝。

最後她匍匐爬到鴻溝邊緣，往下張望。她看見了柏克，他站在她正下方的什麼東西上面——一塊石頭或樑柱，或其他從裂開的牆壁中突出來的東西。那塊空間極小，只夠落腳而已。他站在那兒，深邃的地獄溝在下面等著，他慌亂的到處摸索可以著力的地方、任何可以防止摔下去的扶手。可是他知道，隆妮雅也知道，沒有人幫忙，他一定上不來。他只有一直站在那兒，直到再也站不住為止。然後世上就再也沒有柏克．鮑卡這個人了。

「抓緊啊。」隆妮雅說。

他勉強咧嘴一笑說：「會的。我在這兒也沒什麼別的事可做了。」

可是他很害怕；你可以看得出他害怕。

隆妮雅拉開她纏在腰間的一捲皮繩。她在林中攀樹和登山時，這捲繩子幫過很多忙。現在她在繩子的一端結了個大圈，另一端綁在自己身上，然後把繩圈放下去給柏克。她看見柏克望著繩圈從頭頂垂下來，眼裡冒出希望的光芒。是的，他迫切需要援助，她知道，即使他是鮑卡家的壞蛋！

她說：「你想法子把繩圈套在身上，然後等我叫你爬。一定要等我的信號再往上爬！」

她出生那晚的大雷雨把城上雉堞裡的大石塊都掀了出來。運氣好得很，一塊石頭就位在距裂縫不遠的地方。隆妮雅俯臥在大石頭後面，喊道：「開始吧！」

她立刻覺得腰間的繩子勒緊了，很痛的。柏克往上爬時，每拉一下繩子，都令她痛得大喘一口氣。

她想，不久我就要像馬特堡一樣斷成兩半了，她拚命咬緊牙關，不讓自己喊出聲來。

然後，突然之間，壓力消失了，柏克低頭看著她。她仍伏在原處，不知道自己還能不能呼吸。他說：「原來妳在這兒！」

「沒錯，我在這兒。」隆妮雅說：「跳夠了嗎？」

「還沒有，我還得跳一次，回我那邊去。我得回鮑家寨了。」

隆妮雅站起身說：「先把我的皮繩解下來。沒必要的時候，我可不想跟你綁在一起。」

他把繩子解下，說：「當然。可是經過這件事，即使沒有繩子，我還是被妳綁得牢牢的。」

隆妮雅說：「你去死吧。你跟你的鮑家寨！滾出去！」

她握緊拳頭，一拳正中他的鼻子。

他笑著說：「以後不要這樣——聽我的忠告！可是妳真好，救了我的命，謝謝妳！」

「滾出去，我叫你滾。」隆妮雅說完話，就頭也不回的跑掉了。

可是當她跑下城牆的石級樓梯口，聽見柏克喊道：「喂，強盜的女兒，再見啦！」

她回頭，只見他正準備做最後一躍。

她回喊道：「希望你再摔下去，下流的惡魔！」

情況比她預期的更糟。馬特勃然大怒，連他手下的強盜都嚇壞了。可是起先沒有人相信她，馬特還生氣的罵她。

「撒謊或裝假有時候滿好玩的，可是妳不應該再玩這套把戲了。鮑卡的強盜跑到馬特堡來，真是的！胡說八道嘛！我明明知道這是謊言，還是覺得血脈賁張。」

隆妮雅說：「我沒有撒謊。」她試著把柏克告訴她的話重說了一遍。

馬特說：「妳就是在撒謊。第一點，鮑卡沒有兒子。他生不出孩子——人家都這麼說的。」

所有的強盜都不作聲，一句話也不敢說。但最後老呆開了口。

「嗯，可是人家也說過他有個兒子。他們說恩娣在一個好可怕的大雷雨夜生了他。就是我們生隆妮雅那晚，記得嗎？」

馬特瞪大眼睛，「沒有人告訴過我！還有什麼鬼事情瞞著我的？」

他憤怒得張眼四顧，大吼一聲，兩手各抓起一杯啤酒，把兩個杯子砸到牆上，杯中的酒濺得到處都是。

「現在鮑卡生下的小毒蛇跑到馬特堡的城頭上乘涼？妳找他說過話了，隆妮雅？」

隆妮雅說：「是他找我說話的。」

馬特再次狂吼一聲，把擺在長桌上烤全羊的腿一把撕下，用力砸到牆上，砸得油汁四濺。

「妳說那條小毒蛇告訴妳，他那個不信教的狗爸爸已經帶著他手下的強盜人渣搬進北堡了？」

隆妮雅擔心馬特再聽下去，會氣得神智不清，但是要把鮑卡的強盜趕出去，非得馬特生氣不可，所以她說：「是的，而且別忘了，現在他們叫那兒鮑家寨。」

馬特發出第三聲怒吼，拿起吊在火上的大湯鍋，砸在牆上，湯汁像下雨般淋了滿地。

拉維絲一直靜靜坐在一旁看他發威。但現在她生氣了，她拿起一籃剛從雞籠裡撿來的新鮮雞蛋，交給馬特說：「拿去。可是你給我記住，所有弄髒的地方你都得自己清理！」

馬特拿起雞蛋，發出可怕的吼聲，一個接一個往牆上丟，直到蛋黃流得滿屋子都是。

然後他哭了起來，「就像狐狸在洞裡、老鷹在巢裡一樣安全——我這麼說過。而現在……」

那麼大一個人就撲倒在地板上又哭又叫、大聲咒罵，直到拉維絲受夠了。

她說：「夠了。如果你衣服裡有跳蚤，光靠嘴巴叫是趕不走他們的。起來！採取行動吧！」

圍坐在桌邊的強盜們早就餓得要命。拉維絲撿起地上的烤羊，稍微擦乾淨。

她安慰他們說：「這樣肉可能更嫩。」就開始把肉大片切下，分給大家吃。

馬特悶悶不樂的站起身，跟大家一塊兒坐在桌前。可是他什麼也不吃，只用手捧著一顆亂蓬蓬的頭，低聲咆哮，不時又發出一聲令四壁震動的長歎。

隆妮雅走到他身旁，摟住他的脖子，貼著他的面頰，說：「別難過，爸爸。你只要把他們趕出去就行了。」

「那可難得很呢。」馬特沉重得說。

整晚他們圍坐在火堆前，苦思解決的辦法。怎樣才能趕走衣服裡的跳蚤，或說得更正確點，怎樣才能把住定了的鮑卡強盜趕出馬特堡——這是馬特想知道的。但首先，他最想知道的是，這些躲在草叢裡的毒蛇、偷雞摸狗的鼠輩，怎麼可能在馬特強盜一無所知的情況下進入馬特堡？要來馬特堡的人不論騎馬或步行，都必須通過野狼隘，那兒日夜有人看守，可是沒有人看見半個鮑卡強盜呀。

大頭皮特苦笑著說：「你認為呢，馬特？難道他們會跑到野狼隘來，笑咪咪的跟守衛說：『讓開點，朋友，我們打算今晚搬到北堡去住！』嗎？」

「你好像什麼都知道，那他們到底走哪條路？」

大頭皮特說：「當然絕不可能是穿過野狼隘或城堡的大門進來的。應該是走我們沒設警衛的北面進來的。」

「不對，我們不在那兒設警衛，是因為從那兒只有一片陡峭的岩壁，不可能進到城堡裡。難道你認為他們像蒼蠅一樣，有本事憑空往上爬，然後從牆上的一、兩個箭孔裡鑽進來？」

然後他忽然想到一件事，轉頭對著隆妮雅，眼睛瞇成一條縫：「妳到屋頂上去做什麼？」

「我在練習小心謹慎，不要摔進地獄溝去。」隆妮雅說。

她現在很後悔沒有多問柏克幾個問題，或許他會告訴她鮑卡的強盜用什麼法子進入北堡。可是現在才想到這事，已經來不及了。

馬特說：「鮑卡實在太大膽了。他隨時可能像野牛一樣，衝過地獄溝，把我們一股腦兒全趕出馬特堡。」

他拿起啤酒杯，用力砸到牆上，濺得石牆上滿是酒汁。

「我要上床了，拉維絲。不是去睡覺，我要躺著思考、咒罵。誰敢來吵我都會倒楣！」

那天晚上，隆妮雅也整夜沒睡。一切忽然都變得不對勁而且痛苦，為什麼會這樣？那個柏克——她第一次看到他時還那麼開心！但是好不容易碰到一個同年齡的人，為什麼他偏偏是個討厭的鮑卡小強盜？

4

第二天早晨，隆妮雅起得很早。她父親已經在喝粥，可是喝得很慢。他拿起湯匙，怏怏不樂的送到嘴邊，卻往往忘了張口，所以真正吃下肚的粥不多。就在這當兒，整晚跟大鵬和阿毛一塊兒看守地獄溝的小鬼，突然衝進大廳來喊道：「鮑卡在等你，馬特！他站在地獄溝另一頭叫陣，他急著要跟你說話！」

小鬼猛然往後一跳，算他聰明，因為下一秒鐘，盛滿粥的木碗就從他耳旁飛過，砸上牆壁，濺得到處都是粥。

拉維絲板著臉提醒馬特，「你要自己清理！」可是馬特根本沒理她。

「原來鮑卡要跟我說話呀！天打雷劈的，說就說吧。談完這次，我保證他會很久都說不出話來，說不定再也不能說話了！」馬特咬牙切齒的說，牙齒咬得咯咯作響。

所有強盜都急忙從臥室衝進大廳，想要知道發生了什麼事。

馬特說：「你們給我火速喝了粥！我們要扭住那頭蠻牛的角，把他扔進地獄溝去。」

隆妮雅急忙把衣服穿好。這花不了多少時間，她只要在襯衫外面套一件小馬皮的罩衫，再搭配一條長褲就夠了。下雪前，她一向不穿鞋，所以緊急的時候，就不必為穿靴子或拖鞋浪費時間。

如果一切照常，她待會兒是要到森林裡去。可是一切已經變了樣，她必須隨他們爬上屋頂，看看到底會發生什麼事。

眾強盜嘴裡還含著粥，就被馬特催著上屋頂去，他們都精神抖擻的沿著石階往上爬，只有大頭皮特獨自留在後頭，守著他的粥碗。他難過得自怨自艾，因為現在有趣的事兒都輪不到他了。

他嘟嘟囔囔的說：「這屋子太多階梯，我的腿力也不行了。」

這是個晴朗寒冷的早晨。朝日的第一道紅光已經照亮了圍繞在馬特堡周圍的濃密樹林。隆妮雅可以望見城堞另一端的風景，她寧願到那兒去，在屬於她一個人的蒼翠世界裡——不要在這兒的地獄溝邊，看著馬特的強盜跟鮑卡的強盜面對面，隔著鴻溝嚴陣以待，互相怒目對視。

她看見鮑卡大膽而無恥的站在他手下前面時，心想，我現在知道了，原來草叢裡的毒蛇長這個模樣。可是他沒有馬特高，也沒有馬特英俊；她覺得這樣很好。不過他看起來還是很強壯，這無可否認。他個頭或許不高，但肩膀寬而有力，滿頭蓬亂的紅髮。他身旁還有一個紅頭髮的人，不過他的頭髮梳得整整齊齊，像是一頂光滑的銅盔，沒錯，那是柏克，他正興味盎然的看著這一幕。他偷偷向她揮揮手，好像他們是老朋友似的。原來他是這麼以為，這個小狗賊！

鮑卡說：「我很高興你這麼快就趕來。」

馬特狠狠瞪他的仇敵一眼，說：「我早該來的，可是我得先做一件別的事。」

鮑卡很客氣的問：「什麼事？」

「我一大早就動手寫一首詩，題目叫『大盜鮑卡的輓歌』。恩娣成了寡婦以後，或許能從中得到一些安慰！」

鮑卡原以為可以跟馬特講道理，不要再為鮑家寨的事起衝突，可是他現在覺悟到，這種想法完全錯了，所以他也生起氣來。

他說：「你該多想想如何安慰拉維絲才對，她一直在容忍你和你的大嘴巴。」

恩娣和拉維絲這兩個需要安慰的人，都站在地獄溝旁邊，也都雙手叉在胸前，直視對方的眼睛。她們都一副不需要安慰就能過得很好的樣子。

鮑卡說：「你聽我說，我們在鮑卡森林待不下去了。官兵像蒼蠅一樣多，所以我只好帶著妻子、孩子，和我的手下到別處去。」

馬特說：「即使如此，你這樣偷人家的地方住，砰一下闖進來，問也不問一聲，也不是有廉恥的行為。」

鮑卡說：「這種話從強盜口裡說出來可真奇怪，難道你不是一向都要什麼就拿什麼，從來不問的嗎？」
「嗯。」馬特一時答不出話，可是隆妮雅不懂為什麼。她不知道馬特問也不問的拿了人家什麼。
馬特沉默了一會兒，又說：「換個話題，我很想聽聽你們是怎麼進來的，我們要用同樣的方式把你們轟出去。」
鮑卡說：「轟人的話你就甭再提了。至於我們怎麼進來的？告訴你也無妨，我們家有隻小猴子，他可以拖一根結實的長繩子爬上最險峻的峭壁，繩子掛在他後頭，就像尾巴似的。」
他拍拍柏克的一頭紅髮，柏克露出得意的微笑。
「然後這小猴子在上頭把繩子綁好，我們就跟著一個一個爬上來。然後我們就只要走進寨子裡，替自己安排好一個強盜窩就成了。」
馬特咬牙切齒的聽完這番話，說：「就我所知，北方沒有任何入口。」
「那是就你所知。雖然你在這兒住了一輩子，你對這座城堡所知、所記得的卻少得可憐！你要知道，當年這兒還是高尚人士的住家的時候，女僕需要一個小門，方便到外頭去餵豬。你一定還記得小時候看過的豬圈是什麼樣子吧。咱們兩個常在那兒抓老鼠，直到被你父親逮著，賞我們兩記大耳光。他打得好重，我簡直以為我的腦袋都開花了。」

「是啊，我父親幹了不少好事。」馬特說：「他碰到鮑卡家的毒蛇，都讓他們乖乖待在草叢裡不敢動彈。」

鮑卡說：「確實如此，就是那個專會以大欺小的惡棍讓我明白，馬特家的人不論是死的還是活的，都是我的敵人。但是，在我發現我們兩家是世仇之前，你跟我……我想你當時也不知道！」

馬特說：「可是我現在知道了。現在你如果不想送死，就趕快帶著你那群壞胚子，從原路滾出馬特堡。」

鮑卡說：「誰該送死還不知道呢！我既然已經把家安頓在鮑家寨，就不會離開。」

馬特說：「我們很快就會知道結果。」他的強盜都發出憤怒的咆哮聲，打算立刻彎弓搭箭。可是鮑卡的強盜也都有武裝，馬特和鮑卡都明白，在地獄溝開打，對大家都不利，所以他們又互相叫罵了一陣，做做樣子後，就暫時收兵下樓。

回到石廳的馬特，一點也不像個勝利者，他的手下也都垂頭喪氣。大頭皮特仔細打量他們，然後張開牙齒掉光了的嘴巴，露出一個狡猾的微笑。

他說：「那頭大蠻牛，你要是扳著他的角，把他扔進地獄溝——一定發出很大的聲音，震動了整座馬特堡吧？」

馬特說：「專心吃你的粥，蠻牛是我的事。時機一到，我就會處理的。」

既然馬特所謂的時機一時之間似乎到不了，隆妮雅就急著回森林裡去。現在白晝一天比一天短了，太陽再過幾小時就要落山，她想趁太陽落山前，到她的森林和她的湖邊去。湖水在陽光裡閃閃發光，像最溫暖的黃金。可是隆妮雅知道那金色是騙人的，水冷得像冰。儘管如此，她很快脫下衣服，潛入水中。起初她發出一聲尖叫，但很快就帶著愉快的笑容，在水中游泳潛水嬉戲，直到冷得受不了為止。她的牙齒捉對兒打架，她趕快套上外衣，可是沒有用；她得靠跑步取暖。

她像侏儒般在樹林間和岩石上奔跑，直到身體不再有寒意，臉色也恢復紅潤。然後她繼續跑著，只是要感受那份輕鬆自在。她高興得大喊著，從幾株密植的杉樹中衝出來，差點撞上柏克。憤怒又湧上她的心頭，怎麼連森林裡都不再安寧！

柏克說：「走路要看路啊，強盜的女兒。妳什麼事那麼急啊？」

「我急不急不干你的事！」她回了一句就想跑掉。但一轉念，她又放慢腳步。想偷偷跑回去，看柏克到她的森林裡來做什麼。

他蹲在她的狐狸洞外面。這讓她更氣惱，因為再怎麼說，那都是她的狐狸。自從小狐狸在春天出生以來，她一直在追蹤牠們。現在小狐狸已經長大，但還是很好玩。牠們在洞外跳來跳去，互相扭打，柏克坐在一旁看。他背對著她，可是不知怎麼搞的，他知道她在後面，頭也不回的說：「妳想幹什麼，強盜的女兒？」

「我要你離我的小狐狸遠點，滾出我的森林！」

他起身走到她面前。「妳的小狐狸？妳的森林？小狐狸屬於牠們自己——妳難道不知道？她們住在狐狸的森林裡，這也是狼、熊、鹿、野馬，還有貓頭鷹、兀鷹、野鴿子、老鷹、杜鵑鳥的森林；也是蝸牛、蜘蛛、螞蟻的森林。」

隆妮雅說：「我認識所有森林裡的生物，你別以為你能教我什麼東西！」

「那妳就該知道，這也是哈培鳥、灰侏儒、胖妖精、黑矮人的森林！」

隆妮雅說：「告訴我一些我不知道的事。任何你比我懂的事。要不然就給我閉嘴！」

「我的結論是，這是我的森林！也是妳——強盜的女兒——的森林，沒錯，也是妳的森林！可是如果妳以為它只屬於妳一個人，那妳就比我知道的妳更愚蠢了。」

他怒目瞪著她，藍色的眼睛溢滿憎恨。他看不起她，她看得出來，這讓她很高興。他愛怎麼想就怎麼想，她現在要回家，再也不要看見他。

她說：「我很樂意跟狐狸、貓頭鷹、蜘蛛分享這座森林，就是不要跟你。」說完轉身就走。

然後，她看見森林裡起了霧，濃濃的灰霧從地面湧起，在樹林間翻騰。不久，太陽消失無蹤，金色的光芒跟著不見，樹枝和岩石也看不見了。可是她不怕，再怎麼濃的霧，她摸也摸得回馬特堡，她一定可以在拉維絲唱「狼之歌」前趕回家。

可是柏克怎麼辦？他也許熟知鮑卡森林的每條小徑，可是這兒是馬特森林，他剛來不久。哼，她想，他可以跟狐狸在一塊兒，直到明天天亮，霧散了為止。

這時濃霧中傳來他的叫聲：「隆妮雅！」

好呀，他連她名字都知道了！現在她不只是強盜的女兒了。

他又叫一聲：「隆妮雅！」

她應道：「你要幹什麼？」可是他已經趕上她了。

他說：「這霧讓我有點害怕。」

「我懂了——你怕不能回家看你的小偷家人？那你最好跟狐狸住一塊兒，既然你那麼喜歡分享這座森林！」

柏克笑道：「妳真是比石頭還頑固，強盜的女兒！可是回馬特堡的路妳比我熟。我可不可以牽著妳的衣角，直到我們走出森林？」

隆妮雅說：「不可以。」可是她解開皮繩，就是曾經救過他命的那條，把繩子的一頭交給他。

「拿去！可是你最好跟我保持一條繩子的距離——我警告你！」

「隨便妳，壞脾氣的強盜的女兒。」柏克說。

他們開始往前走。霧把他們團團圍住，他默不作聲的往前走——照隆妮雅的規定，相隔一條繩子的距離。

隆妮雅知道，只要走錯一步，他們就會在霧中迷路，走不出小徑。可是她不怕，她靠手腳摸索前行。石塊、喬木、樹叢，都是她的指標。他們前進得很慢，可是她一定會在拉維絲唱「狼之歌」前趕到家。她不必害怕。

可是她在林中從來不曾有過這麼奇怪的感覺，好像所有的生物都不出聲、死了，這令她不安。這還是她的森林嗎？她熟知而深愛的森林嗎？一切為什麼變得那麼沉默而充滿威脅？是什麼隱身在霧中？好像有什麼東西在那兒，一種未知而危險的東西；她不知道那是什麼。這讓她害怕。

我很快就要到家了，她用這樣的念頭安慰自己。不久我就會躺在自己的床上，聽拉維絲唱「狼之歌」。

可是沒有用，恐懼感不斷擴大，她這輩子從來沒有這麼害怕過。她喊柏克的名字，可是只發出一聲尖叫，聽起來好軟弱，使她更加害怕。她想：這樣下去我就沒主張了，我就要完蛋了。

就在這時，濃霧深處傳來一串溫柔甜美而憂傷的音符——一首歌，好美的歌。她從來沒聽過這麼好聽的歌聲。啊，多美啊，歌聲使她的森林洋溢著美！它消除了一切的恐懼，給她慰藉。她站著不動，接受安慰。多美呀！歌聲多麼迷人，誘惑著她。是的，她感覺得到，唱歌的人要她走出小徑，隨著歌聲進到黑暗裡去。

歌聲愈來愈嘹亮，她的心都為之顫抖，忽然她把家裡等著她的「狼之歌」忘得一乾二淨。她忘了所有的事；她只想快點趕到那些在濃霧中召喚她的人身邊。

她喊道：「是，我來了。」離開小徑走了幾步。可是皮繩猛力把她扯住，害她摔了個倒栽蔥。

柏克大聲說：「妳要到哪兒去？如果妳讓地底妖女誘惑了，就會迷路——妳知道的！」

地底妖女——她聽過她們。她知道她們只有在濃霧籠罩時才會離開地底的藏身所，來到森林裡。她從來沒有遇過她們，可是現在她願意追隨她們去任何地方。她要活在她們的歌聲裡，即使注定一輩子住在地底也心甘情願。

「是，我來了。」她再次喊道，並瘋狂的向前衝。可是柏克把她牢牢抱住。

「放開我！」她大叫，瘋狂的打他。但他把她抱得緊緊的。

「保持鎮靜。」他說。可是歌聲使她聽不見他的話。歌聲是那麼響亮，整座森林都充滿它的回音，也讓她心裡充滿一種無法抵擋的渴望。

「是，我來了。」她第三次喊道，她拚命掙扎，想要擺脫柏克。她打他、抓他、尖叫，還流了幾滴淚、用力咬他的臉頰。可是他抱住她不放。

他牢牢抱住她很久，霧忽然散了，就跟來時一樣迅速。歌聲也頓時消失。隆妮雅回頭四顧，彷彿剛從夢中醒來。她看見回家的路，殷紅的落日半沉沒在林木蒼翠的山脊後面。還有柏克。他站在那兒，就在她身旁。

她提醒他：「我告訴過你，一根繩子的距離。」然後她看見他流血的臉頰，問道：「你被狐狸咬了嗎？」

柏克沒回答。他捲起皮繩，交還給她。

「謝謝妳！現在我可以自己找路回鮑家寨了。」

隆妮雅從瀏海下面斜睨著他，忽然覺得很難再把他當壞人看待，可是她不知道為什麼。

「那你走吧。」她很溫婉的說，然後就轉身跑掉了。

5

那天晚上，隆妮雅跟父親在火堆前坐了一會兒，她想起一個掛心的問題。

「你問也沒問就拿了人家什麼東西？就像鮑卡說的那樣？」

馬特說：「嗯，起霧的時候我好擔心妳回不了家，隆妮雅。」

隆妮雅說：「我不是好端端回來了嗎。聽著，你到底問也沒問就拿了人家什麼東西嘛？」

「看哪！」馬特興奮的指著火堆說：「看見沒有？火舌是不是像個老頭子？像鮑卡呢！真討厭啊！」

可是隆妮雅一點也不覺得火舌像鮑卡，她對這題目不感興趣。

她堅持的問：「你問也沒問就拿了人家什麼東西嘛？」

馬特還是沒回答，大頭皮特替他答腔說：「好多東西！啊呀呀，好多東西啊！我看時間差不多……」

馬特大怒說：「住口！我自己來處理！」

除了大頭皮特，其他強盜都回自己房間去了。拉維絲出去安頓她的雞和羊過夜，所以只有大頭皮特在旁，聽馬特給隆妮雅解釋強盜究竟是怎麼回事——不問一聲、也不徵求同意，就把別人的東西拿走的人。

馬特沒有為此感到羞慚；相反的，他經常大吹大擂聲稱自己是所有山林中最棒的強盜頭子。可是現在要跟隆妮雅解釋卻有點困難。當然他一直盤算著，早晚一定得解釋給她聽。可是他還想等一陣子。

「妳還是個天真的小孩，隆妮雅，所以我過去一直沒跟妳多談。」

大頭皮特插嘴說：「才不呢，你根本是絕口不談。而且也都不准我們提一個字。」

馬特說：「老傢伙，你是不是該上床了？」可是大頭皮特說時間還沒到，他要聽聽看。

隆妮雅懂了。現在她終於知道家裡的東西都是從哪兒來的。強盜晚上騎著馬回家的時候，攬在馬背上的那些東西，各種成包、成綑的貨物，所有裝在箱子和盒子裡的寶物，可不是森林裡樹上長出來的，是她父親從別人那裡拿來的。

她問：「可是人家的東西被你拿走，難道不會生氣嗎？」

大頭皮特樂得咯咯笑，他向她保證：「氣得快爆炸了。唉呀，我的天，唉呀，我的天，妳該聽聽他們怎麼罵人！」

「老傢伙，你最好馬上給我上床去。」馬特說。

可是大頭皮特還是不肯走，他告訴隆妮雅：「有些人還哭了呢。」

馬特咆哮道：「你給我安靜點，否則我趕你出去！」他拍拍隆妮雅的臉頰：「妳得明白，隆妮雅，生活就是這麼回事。咱們一直是這樣過日子，沒有必要大驚小怪。」

大頭皮特說：「話是這麼說。可是一般人還是不習慣這種事。他們不斷喊叫、哭鬧、咒罵，最後我們聽了都覺得很好笑。」

馬特怒氣沖沖的瞪他一眼，又回過頭對隆妮雅說：

「妳知道，我父親是強盜頭子，我祖父也是，我曾祖父也是。我一直沒讓他們失望。我也做了強盜頭子，在所有山林中首屈一指。有一天妳也會繼承我的事業，我的隆妮雅！」

「我嗎？」隆妮雅大聲說：「才不要！我才不要弄得人家生氣、哭喊！」

馬特抓抓腦袋。他開始擔心了，他希望隆妮雅愛他、欣賞他，就像他愛隆妮雅、欣賞她一樣。可是她當著他的面大喊「才不要！」，拒絕跟父親一樣做個強盜頭子。這讓馬特很不開心。他必須設法讓她相信，他做的事都是對的、好的。

他反駁道：「妳要知道，隆妮雅，我只拿有錢人的東西。」接著，他思索了一會兒。

「我還救濟窮人，真的。」

大頭皮特冷笑道：「唉呀，我的天，這是千真萬確的事實！你送過一大袋麵粉給那個有八個孩子的寡婦，還記得嗎？」

馬特說：「沒錯，我真的送過。」

他滿意的摸摸黑鬍子。現在他對自己和大頭皮特都很滿意了。

大頭皮特又竊笑道：「你記性很好呢，馬特！咱們來算算，那大概是十年前的事了。唉呀，沒錯，你當然會救濟窮人嘍，大概每十年一次吧。」

馬特火大了說：「你要是再不上床，就有人要把你送上床了。」

不過沒必要這麼做，因為拉維絲恰好在這時候走進來，大頭皮特就自動自發離開了。隆妮雅躺到床上，火光在拉維絲的「狼之歌」聲中逐漸黯淡。隆妮雅躺著聽。她不在乎爸爸是不是強盜頭，他是她的馬特，不論他做什麼她都愛他。

這一晚她睡得不安穩，夢見地底妖女和她輕柔曼妙的歌聲，可是她一覺醒來，就把她們都忘了。

她只記得柏克。以後的幾天，她不時想起他，不知道他在鮑家寨生活得如何，還有馬特要花多少時間，才能把柏克的父親和整個鮑卡強盜幫趕出他的城堡。

馬特每天構思精采的新計畫，可是全都行不通。不論馬特提出什麼點子，大頭皮特總澆他冷水，「沒有用的！你必須像狐狸般狡猾。動武不管用的。」

狐狸的狡猾跟馬特的天性不符，可是他也算盡力了。他動腦筋的時候，就沒時間下山打劫。鮑卡的強盜也在為別的事操心，所以近來通過強盜小徑的客商都感到十分意外，他們不明白路上為什麼變得這麼安靜？所有打劫的強盜都到哪兒去了？鍥而不捨捉拿鮑卡的官兵，終於找到他跟手下藏身的洞穴，可是已經廢棄了，也沒有留下贓物。鮑卡既然已無影無蹤，官兵就高高興興的趁著漫長、陰暗、多雨的秋季來臨前，離開鮑卡森林。他們當然知道更偏遠的馬特森林裡還有強盜，可是他們寧可不去想這回事。那地方形勢險要，強盜頭子比懸崖上的老鷹還難抓，倒不如當作他不存在。

馬特大部分時間都用來研究鮑卡強盜在北堡幹些什麼，用什麼法子對付他們最好，所以他天天出去偵查。他帶一、兩名手下，騎馬到森林北邊去，可是那兒找不到入侵者的蹤跡。多半時間，那兒都一片死寂，好像鮑卡強盜都不見了。其實他們做了一些又長又牢固的繩梯，可以輕易的上下岩石。馬特只有一次看到繩梯放下來。他氣急敗壞的衝上前去，試圖往上爬。他的手下緊跟在後，熱切的期待大戰一場。可是從鮑家寨的箭孔射出一陣箭雨，小鬼的大腿上中了一箭，在床上躺了兩天，顯然梯子是在警衛的嚴密監視下才放下來的。

秋天的雲層暗沉沉的籠罩在馬特堡上空，強盜成天關在堡中，都悶壞了，他們開始坐不住了，經常爭吵。後來拉維絲再也受不了了。

「你們這樣吵個沒完，我的耳膜都要震破了。你們要是不安靜點，我就給你們全部戴上口罩！」

他們都沉默下來。拉維絲派他們去做些有用的工作——打掃院子、清理雞籠、羊圈，沒有一件是他們喜歡做的。可是除了大頭皮特和輪值到野狼隘和地獄溝站崗的人，誰也逃不掉。

馬特盡量給手下打氣。他帶他們去獵鹿，帶著長矛和弓箭到秋意漸濃的森林裡去。他們拖著四頭死去的大麋鹿回來時，大頭皮特臉上堆滿得意的笑容。

他說：「雞湯、羊肉羹、稀粥吃久了會膩，現在我們可以嚼點帶勁兒的東西，大家都知道，最嫩的部位要讓給沒牙的人。」

拉維絲一面烤鹿肉，一面把準備留著過冬的鹿肉醃起來，以便跟烤雞和烤羊腿換口味。

隆妮雅照常整天在林子裡度過。現在那兒變得很沉寂，可是她覺得即使秋天的森林也值得流連。她赤腳踩在青苔上，覺得又軟又潮溼，秋的氣息多麼美好！樹枝上的水珠閃閃發光。連綿的雨天，她喜歡蜷著身子，坐在茂密的杉樹下，聆聽清脆的水滴聲。有時下起傾盆大雨，把整座森林淋得溼透，她還是喜歡。很多動物不見了。她的狐狸都守在洞裡。可是黃昏時分，她偶爾會看見麋鹿大步跑過，有時野馬在林間嚼草。她好想捕捉一匹野馬給自己，她試了幾次都不成功。野馬很膽怯，而且很難馴服。可是她該有匹馬了，她這麼告訴馬特。

他答道：「好的，等妳強壯得能靠自己的力量抓到一匹的時候。」

有一天我會的，她想，我會抓到一匹漂亮的小馬，把牠帶回馬特堡，像馬特訓練他所有的馬匹一樣訓練牠。

除此之外，秋天的森林有種奇怪的荒涼感。所有常見的動物都失去了蹤影，牠們可能都躲進了洞裡或隱密的地方。以前哈培鳥會從山上突然衝下來，可是牠們現在比較冷靜，大部分時間都待在高山上。灰侏儒也退走了。隆妮雅只有一次碰到了一、兩個，他們從岩石後面探頭窺視她，可是她已經不怕他們了。

「滾開！」她喊道。他們發出沙啞的嘶嘶聲跑掉了。

柏克沒再出現在她的森林裡，她當然很高興。但真的是這樣嗎？有時她也不確定自己真正的想法。

冬天到了。下雪以後，天氣變得更冷，白霜把隆妮雅的森林妝點成一片銀白色，比她想像中更美。她到林中滑雪，黃昏回家時，她頭髮上結了霜，雖然戴著皮手套，腳穿皮靴，手指和腳趾仍然凍得僵硬。可是寒冷或冰雪都不能讓她遠離森林，第二天她又去了。

馬特看她衝下山坡，往野狼隘跑去，有時不免擔心。他常常跟拉維絲叨唸著說：「我希望一切都沒事！我希望她不要遇到什麼可怕的事！要是她有什麼意外，我一定不活了！」

拉維絲說：「你在胡說八道些什麼啊？那孩子可比任何一個強盜都還會照顧自己，我得告訴你多少遍呀！」

隆妮雅當然照顧得了自己。可是，有一天出了一件最好不要讓馬特知道的事。

夜裡雪下得更大了，覆蓋了隆妮雅的滑雪道。她必須另闢新的滑雪道，這工作很辛苦。寒氣已經在雪面上結了一層薄冰，可是還不夠堅實。她不斷把冰踩破，最後她實在滑不動了，就打算回家。

她爬上一座小山丘，正要疾衝而下，到山丘另一邊去。坡度很陡，可是她毫不畏懼的往下衝，雪花在她身後捲起一陣水霧。地面上突然出現一個凹洞，她飛身躍過，可是就在這麼一跳時，一隻滑雪屐掉了。她落地的時候，那隻腳深深陷入積雪裡。她看見滑雪屐消失在坡後，而她的腳卻卡在洞裡，深及膝蓋。起先她還覺得好笑，可是不久她發現情況很嚴重，就笑不出來了。不論她怎麼用力拉扯，就是無法從洞裡脫身。她聽見洞裡有喃喃低語聲，最初她分辨不出是誰在說話，可是她很快看見一群胖妖精從不遠處的雪地裡爬出來。他們肥大的屁股、皺巴巴的小臉、短而硬的頭髮，很容易辨認。大致上來說，胖妖精友善而愛好和平，不會傷害人，可是這幾個傢伙用呆滯的眼神瞪著她，顯然很不高興的模樣。他們對著她嘀咕、喘氣，其中一個胖妖精用憤怒的語氣說：「妳為什麼要這樣？」

其他幾個也跟著異口同聲說：「妳為什麼要這樣？打破我們屋頂，為什麼？」

隆妮雅這才知道，她踩塌了他們的地底洞穴。胖妖精若找不到合適的枯樹當住所，就住在這種洞穴裡。

她說：「我不是故意的。幫我把腿拔出來吧！」

可是胖妖精只是像剛才一樣瞪著她，喘著氣，憤怒得說：「妳卡在屋頂，為什麼要這麼做？」

隆妮雅覺得不耐煩了，「那就幫幫我嘛，我就走開了嘛！」可是他們好像沒聽見，或是聽不懂，只是漠然的瞪著她，然後就急忙跑回洞裡去了。她聽見他們難聽的聲音在下面嘰嘰喳喳，忽然之間，他們開始嘩然尖叫，好像發生了什麼開心事。

他們尖叫道：「她想走！把她掛在這裡！她想走！」

隆妮雅覺得有什麼東西掛在她腳上，非常沉重的東西。

胖妖精尖聲叫道：「小男孩掛這裡很好。讓他搖！我們屋頂上有討厭的腳！」

可是隆妮雅不打算躺在寒冷的雪地裡，替一群愚蠢的胖妖精搖搖籃。她再用力拉，用力扭動，使盡全身力量希望能脫身。胖妖精齊聲歡呼。

「小男孩，搖得好，看哪！」

在馬特森林裡一定不要害怕；從小他們就這樣教她，她也盡可能武裝自己來對抗恐懼，可是有時候這法子不管用。現在它就不管用了。萬一她無法逃脫怎麼辦？萬一她今天夜裡就凍死在這兒呢？她看見樹梢頭濃雲停留，還會下更多雪，很多很多的雪！也許她會被雪覆蓋，凍得硬梆梆的，用懸空的腳替胖妖精搖搖籃，一直搖到春天！直到那時，馬特才會找到他在風雪交加的森林裡活活凍死的可憐小女兒。

「不不！不要！」她大聲叫道：「救命！救救我！」

可是空蕩蕩的林子裡，誰聽到她的求救聲呢！沒半個人！她早就知道。可是她還是一直叫到叫不出聲為止。

然後她聽見胖妖精又在嘟囔：「她怎麼不搖了？為什麼？」

之後隆妮雅就不再聽他們說話了，因為她看見一隻哈培鳥。這隻美麗的黑色猛禽疾衝而下，穿過森林，高飛到烏黑的雲層下方，再飛下來，飛得更近，一直飛向隆妮雅。隆妮雅閉上眼睛，現在什麼也救不了她了，她知道。

哈培鳥呱呱叫著，降落在她身邊。牠拉扯隆妮雅的頭髮，用尖銳的聲音叫道：「漂亮的小人兒，在這兒休息，啊，很好，嚇，嚇，嚇！」

牠又呱呱叫了幾聲，真是令人討厭的聲音。「妳得為我們做工！到山頂上去！直到流血！不然我們要抓裂妳，撕碎妳！」

哈培鳥開始用牠的利爪把隆妮雅又拉又扯，見隆妮雅還是躺著不動，牠怒氣沖天。

「妳要我抓裂妳、撕碎妳嗎？」

牠低頭看看隆妮雅，冰冷的黑眼珠發出惡毒的光芒。然後牠最後一次嘗試把隆妮雅拖走，可是不論牠怎麼扯、怎麼拉，都沒有用，最後牠累了。牠尖叫道：「那我要去叫我的姊妹來。我們明天來抓妳。妳不可能再在這兒休息了。永遠不可能，永遠不可能！」然後就飛過樹梢，消失在山巔。

隆妮雅想，也許明天哈培鳥回來的時候，森林裡除了一堆冰，就什麼也沒有了。

現在胖妖精洞裡悄無聲息，整座森林一片寂靜，等著夜晚降臨。隆妮雅也沒什麼別的可等。她已經放棄掙扎，靜靜躺著。她想，就要來了，最後的寒冷，黑暗、寂寞的夜晚，就是她生命的終點。

雪開始下，大片大片的雪花輕輕落在她臉上。雪融化了，跟她的淚水混在一塊兒，因為她在哭。她想到馬特和拉維絲，她再也看不到他們了，馬特堡的人再也不會快樂了。可憐的馬特，他一定會傷心得發狂！當他悲傷的時候，隆妮雅再也不能像以前一樣安慰他，再也沒有人給他安慰，沒有人了！

這時她聽見有人叫她的名字。她聽得非常清楚，可是她知道自己不過是在做夢。除非是在夢裡，不然不會有人叫她的名字。而很快的，她甚至連夢都沒得做了。

可是她聽見那聲音又喊了一遍她的名字。

「隆妮雅，妳該回家了吧？」

她不情願的睜開眼睛，眼前站的是柏克——沒錯，柏克穿著滑雪屐，站在那兒。

「我在山坡下發現妳的滑雪屐，真是運氣，要不然妳就一直躺在那兒了。」他把滑雪屐放在她身旁的雪地上。「妳需要幫忙，是吧？」

她忍不住淚如泉湧，號啕大哭起來，連自己都覺得不好意思。她哭得沒法子回答他的問話，可是當他彎腰扶她起身時，她抱緊他，狂亂的低聲喃喃說：「不要離開我！永遠不要離開我！」

這讓他微笑起來，「不會的，只要妳保持一根繩子的距離！先放開我，不要再哇啦哇啦哭，我看看用什麼法子能讓妳脫身。」

他卸下自己的滑雪屐，放在她身旁，然後盡可能把手伸進洞裡。他撥弄了好一陣子，奇蹟發生了，隆妮雅可以把腿抽出來了——她終於自由了！

可是洞裡的胖妖精很生氣，他們的小娃娃抽抽搭搭的哭起來。「孩子醒了，他眼睛裡有沙子，為什麼？」

隆妮雅還在哭；她控制不住自己。柏克把滑雪屐遞給她。

他說：「別哭啦，要不然妳就回不了家了。」

隆妮雅深吸一口氣。是的，應該哭夠了。她站起身，試試兩腿是否站得穩。

她說：「我得試試看。你會跟我一起走吧？」

柏克說：「我跟妳一起走。」

隆妮雅開始往斜坡下滑去，柏克跟在她身後。她忍著痛穿過紛飛的雪花，一路上他都守在她身後。她一再確認他還在那兒，她好害怕他會忽然消失，留下她一個人。可是他一直跟著她，保持一根繩子的距離，直到野狼隘。然後他們必須分手了，柏克要從那兒走一條祕道回鮑家寨。

他們在雪中沉默的佇立了一會兒，想要道別。隆妮雅覺得好難，她只想盡力把他留住。

她說：「聽著，柏克，我好希望你是我兄弟。」

柏克笑道：「有何不可？只要妳喜歡，強盜的女兒。」

她說：「我真的喜歡，可是只有在你叫我隆妮雅的時候。」

「隆妮雅，我的姊妹。」柏克話畢，就隱入不斷紛飛的雪花中了。

6

那天夜裡，雪繼續落在馬特堡和周遭的森林裡，甚至大頭皮特都不記得看過比這更大的暴風雪，得靠四個男人用力推開城堡的大門，才能讓一個人擠出門外，從厚厚的積雪中掘出一條通路。大頭皮特探出腦袋，只見大地一片荒蕪雪白，萬物都被雪覆蓋了。野狼隘完全被雪封鎖住，大頭皮特說，要是再這樣下去，那麼春天來臨前，就沒有人能夠穿過那條兩山夾峙的狹隘通道。

他說：「老呆，你聽著，要是你喜歡鏟雪，我保證你有得玩的。」

大頭皮特的預言通常不會錯，這次又被他說中了。有好長一段時間，雪日夜下個不停。強盜們不斷鏟雪，不斷咒罵。不過至少有一件事對他們有利：他們不用再監視鮑卡的動靜，不論在野狼隘或地獄溝。

馬特說：「鮑卡當然比豬還蠢，但他還不至於蠢到要在深到胳肢窩的積雪裡打仗吧。」

馬特也沒那麼蠢，何況這個節骨眼上，他倒不特別為鮑卡的事煩惱，有別的事讓他發愁。隆妮雅有生以來第一次生病了。自從那天在寒冷的森林中差點送命，回到家後，第二天早晨，她醒來就開始發高燒；而且很令他意外的，她完全喪失了往常迫不及待下床展開一天生活的欲望。

馬特飛撲過去，跪在她床邊，大聲問：「妳怎麼了？妳不會真的病了吧？」

他握住她的手，發現燙得不得了；事實上，她全身都在發燒，這可把他嚇壞了。他從來沒見過她這個樣子。她總是生氣盎然，可是這回他心愛的女兒倒下了。他立刻知道會發生什麼事！他會失去隆妮雅，她要死了，他感覺得到，他的心在胸腔裡作痛。他不知道該如何面對這可怕的憂傷，想要像往常一樣用頭撞牆，大聲吼叫。可是他不能嚇著這可憐的孩子，至少他還意識到這一點，所以他只是把手放在她火燙的前額上，輕聲說：「妳要注意保暖，隆妮雅。生病的時候一定得保暖。」

可是隆妮雅了解她父親，儘管病魔在體內燃燒，她還是試著安慰他。

「別傻了，馬特！這沒什麼大不了，不會怎樣的。」

她想，要是我躺在森林中，整個冬天都埋在雪堆裡，豈不更糟嗎？可憐的馬特。一想到這會帶給他多大折磨，淚水就湧上她的眼眶。馬特見她流淚，卻以為她是在為即將夭折而悲傷。

「我的小寶貝，妳很快就會好的，別哭。」他強忍住嗚咽，勇敢的說。他轉頭又吼道：「可是妳媽媽哪兒去了？」然後流著淚跑出房間。

他想要知道，隆妮雅已命在旦夕，拉維絲為什麼還沒有準備好治病的藥草，在旁侍候呢？

他到羊圈裡找拉維絲，她不在那兒。羊群餓得在欄裡不住的叫喚，可是牠們很快就發現來的人不對。因為這個人把一顆毛茸茸的腦袋抵在欄杆上，那麼絕望的大哭起來，把牠們都嚇得要死。

馬特繼續大呼小叫，直到拉維絲把山羊和雞都照顧停當，進到家門。他一見到她，就咆哮道：「女人，妳怎麼沒有在妳生病的孩子身邊？」

拉維絲鎮靜的回答：「我有個生病的孩子嗎？我不知道。不過等我把綿羊……」

「我替妳處理！快去看隆妮雅！」他大聲說，然後又吸著鼻子，把聲音放低說：「要是她還活著！」

他從倉庫裡搬出一綑綑的楊樹枝，等拉維絲走後，他一面餵羊，一面向牠們訴苦：「你們不知道小孩是怎麼回事？你們不知道失去你們最親愛的小羔羊是什麼感覺？」

他忽然住了口，想起綿羊春天都生了小羔羊。牠們到哪去了？都變成烤羊肉了！

拉維絲餵隆妮雅喝青草茶退燒，三天後，她就康復了。馬特非常訝異而快樂。隆妮雅又恢復原樣，只不過變得比較成熟。躺在床上三天，她想了不少事。現在有了柏克，一切會是什麼樣？她有個兄弟了，沒錯，可是他們要如何相見？一定得保密。她從來不曾告訴馬特她跟柏克做朋友的事，這會是最讓他心碎和憤怒的事，如果告訴他，那還不如拿把鐵鎚敲他的腦袋好些。隆妮雅歎口氣。為什麼她父親的個性會那麼暴烈？無論他快樂或生氣，總是那個樣子，他有一隊強盜加起來那麼粗魯和暴躁。

隆妮雅不習慣對父親撒謊，她只是絕口不提會令他悲傷或憤怒的事，例如有關柏克的事。但這是沒辦法的事。現在她有個兄弟，她想跟他在一起，即使必須偷偷溜走才能如願，她也要去。

可是到處冰天雪地，她又能溜去哪兒？她不能到森林裡去，因為野狼隘已經被大雪封住了，而且冬天的森林也讓她有點害怕，目前她已經受夠了。暴風雪繼續圍繞著馬特堡怒號，一天比一天凌厲。最後隆妮雅終於覺悟到：春天來臨前，她都看不到柏克了。他跟她之間，就像隔著一千哩路那麼遙遠。

都是雪的錯。日子一天天過去，隆妮雅對天氣愈來愈不滿，強盜們也跟她一樣討厭下雪。他們每天早晨抽籤決定站崗的先後次序。有人輪到要去通往野狼隘小徑上的水井提水，風雪在耳畔嘶吼，那段路又很不好走，更甭說要挑沉重的水回來，供人和牲畜使用了。

拉維絲罵他們：「你們這群懶惰蟲，只有打架和搶劫的時候才肯賣力！」

這群懶強盜都巴不得春天快點來，可以重新開始他們的強盜生涯。他們藉著鏟除愈來愈多的積雪、劈木頭做新滑雪屐、整修武器、刷洗馬匹、擲骰子，以及跳強盜舞、唱強盜小調，來排遣漫長的冬天。

隆妮雅跟他們一塊兒擲骰子、唱歌、跳舞。她對春天的期待跟他們一樣殷切，她渴望在春天回到她的森林去，那她就可以見到柏克了。他們可以聊天，她可以問清楚他是否真如在暴風雪中所說的，願意做她的兄弟。

可是等待很累人。隆妮雅最討厭關在屋裡，這讓她焦躁不安，每天都覺得好長。所以有一天她跑進好久沒去的地下儲藏室。馬特堡下面有很多這種在岩壁上炸出來的洞穴。她一向不喜歡老舊的地牢，不過大頭皮特堅持，不記得什麼時候，在馬特堡還沒有變成強盜窩，還是受英雄豪傑和小諸侯統治的時候開始，這兒就不曾關過俘虜了。

儘管如此，每當隆妮雅來到這些散發霉味的寒冷地窖，就覺得岩壁上彷彿還縈繞著死去囚犯的呻吟與嘆息，令她寒毛豎立。她用燈籠驅走地牢的黑暗，照亮那些再也不見天光的可憐人曾經待過的角落。她靜靜佇立了一會兒，為馬特堡曾發生的殘酷暴行哀悼。然後她全身哆嗦了一下，把狼皮大衣拉緊，走過地牢，沿著古堡地下密布如蛛網的甬道繼續前進。她曾經跟大頭皮特來過，他指給她看她誕生那晚，大雷雨造成的破壞。它不僅劈開地獄溝，還把溝底的岩石全部擊碎，因此地底通道正中間，有座瓦礫堆成的小山。

「這兒就是盡頭，妳必須止步了。」隆妮雅自言自語，還記得上次她跟大頭皮特來，他就是這樣說的。

可是她又開始思索。她知道，在瓦礫的另一邊，甬道繼續延伸，因為大頭皮特這麼告訴過她。每次想到沒法子走更遠，她就很不高興，尤其是現在，因為——柏克就在這堆瓦礫另一端的某處。誰知道呢？

她端詳著這堆落石一邊沉思，最後她想通了。

此後，隆妮雅就很少到大石廳去。她每天早晨都不見人影，沒人知道她到哪兒去了，馬特和拉維絲也不覺得有異。他們想，她一定是跟其他人一塊兒鏟雪去了，反正她愛來就來、愛去就去，他們也都習慣了。

可是隆妮雅沒有去鏟雪，她是在搬石頭，一直搬到腰痠背痛為止。晚上她筋疲力盡的上床時，最確定的一件事就是：她這輩子再也不要搬石頭，不論大石頭、小石頭。可是早晨天還沒亮，她就又回到地底甬道，用無比旺盛的精力，搬走一桶又一桶的石塊。她恨這些石塊，這些堆得高高的石頭，多得她恨不能把它們都熔化掉。可是它們不會熔化，它們一直躺在那兒，她必須親手把它們移開，一桶一桶的倒進最近的地牢。

終於有一天，地牢填滿了，石堆也降低了一點，費點力氣就可以爬到頂端，到另一頭去——只要她敢！隆妮雅知道，她又得思索一番。她有沒有勇氣直接走進鮑家寨？在那兒會發生什麼事？她不知道，可是她知道這麼做很危險。儘管如此，再怎麼大的危險也不能阻擋她去找柏克。她想念他。怎麼會這樣，她一點也不明白。其實她曾經很討厭他，希望他和所有的鮑卡強盜都摔到地獄溝底，可是現在她站在這兒，一心只想越過這堆亂石，看能否找到柏克。

這時她聽到一些聲音，有人從另一頭走過來，她可以聽到腳步聲。除了鮑卡強盜還會有誰？她屏住呼吸，絲毫不敢動彈，並凝神傾聽，希望石堆那一端的人發現她之前，她能夠逃離。

然後那個鮑卡強盜開始吹口哨，一個很簡單的調子，她聽過，沒錯，她真的聽過！柏克幫助她脫離胖妖精的洞穴時，吹過這個調子。難道對面就是柏克？跟她那麼接近；還是所有的鮑卡強盜都會吹這個調子？

她好想知道，可是她不能開口發問，那樣太危險。儘管如此，她一定得弄明白吹口哨的人是誰，所以她決定也吹口哨，同樣的調子，非常小聲。

另一頭沒了聲音。可怕的沉默持續了好一陣子，她已經準備好，萬一有個不認識的鮑卡強盜從瓦礫另一頭爬過來，企圖抓她，她就立刻拔腿飛奔。

可是她隨即聽見柏克的聲音，很低、很遲疑，好像他不知道該預期什麼結果，「隆妮雅？」

「柏克！」她喊道，開心無比以至於幾乎喘不過氣來：「你願意做我的兄弟，是真的嗎？」

她聽見他在瓦礫堆那頭笑。他說：「我的姊妹，我喜歡聽妳的聲音，可是也想看見妳的人。妳還是一樣的黑眼睛嗎？」

「過來看嘛。」隆妮雅說。

她不能再多說，因為她又聽到了別的聲音，一個令她不敢呼吸、也不敢出聲的聲音。她聽見身後遠處，厚重的地窖門被打開，又砰的一聲闔上，有人沿石階走下來。沒錯，有人來了。要是她不盡快想出對策，就要完了——柏克也完了！她聽見腳步聲愈來愈近，有人緩慢而堅定的沿著長長的走廊過來了。她傾聽著，知道這代表什麼，可是她像個傻瓜似的站著，嚇著無法動彈。等她突然恢復了神智，差點就來不及悄聲對柏克說：「明天！」

然後她就急忙跑去跟來人會合，不論他是誰，都絕不能讓他看見她對落石堆做了什麼事。

來的是大頭皮特，他看見她，頓時整張臉都亮了起來。

他說：「我找你找得好苦啊！看在全世界的哈培鳥份上，告訴我妳在搞些什麼鬼啊？」

她熱情的挽起他的手臂，趁還來得及的時候，把他轉了個方向。

她說：「我不能一直鏟雪呀。來吧，我要離開這地方。」

她真的想離開！直到現在，她才驚覺自己幹了一件什麼樣的事：她開闢了一條可以進入鮑家寨的路徑——一旦被馬特發現，他或許沒有狐狸的狡猾，可是他至少會想到，終於有條路可以攻進鮑家寨了。隆妮雅想，他老早可以自己動手開闢這條路，可是她很慶幸他沒這麼做。這念頭很奇怪，可是她已經不想把鮑卡強盜趕出馬特堡了，看在柏克份上，他們可以住在這兒，不許把柏克趕出去。如果她能作主，也不許任何人經由她開闢的路進入鮑家寨。所以她一定得設法，不讓大頭皮特腦海裡冒出一些沒有必要的靈感。他走在她身旁，一副無所不知的神情——其實他一直是這個樣子，很容易讓人以為他知道妳所有的祕密。可是不論他多麼足智多謀，這一回隆妮雅可比他還狡猾。他還沒有發現她的祕密——至少現在還沒有。

大頭皮特說：「沒錯，妳是不能一直鏟雪，可是妳可以整天擲骰子啊，不是嗎，隆妮雅？」

「你是可以整天擲骰子，尤其是現在。」隆妮雅說著，熱情的拉著他，爬上地窖陡峭的石階。

她陪大頭皮特擲骰子，直到唱「狼之歌」的時候，可是她心裡一直牽掛著柏克。

明天！這是那晚她入睡前想的最後一件事。明天！

7

接著就到了早晨，她要去見柏克。她得趕快走，趁大家各自忙於自己分內的工作，大石廳裡沒人在的時刻。大頭皮特隨時可能出現，她不想被他抓住問問題。

她想，我在地窖裡一樣可以吃東西。反正這兒本來就是連吃飯也不得安寧。

她匆匆把麵包塞進皮袋，往木瓶裡倒了一點牛奶，趁沒有人看見，她就往地下室跑。很快她就來到那堆石頭前面。

「柏克！」她喊道，擔心他可能不在。石堆那頭沒有人應聲，她失望的想哭——要是他不來怎麼辦？也許他已經忘光了，或者——更糟糕——也許他後悔跟她相見。畢竟她是馬特強盜的一員，跟鮑卡是死對頭；也許到頭來，他不想跟像她這樣的人有任何瓜葛。

這時有人從她背後拉她的頭髮。她嚇得尖叫。難道大頭皮特又鬼鬼祟祟跟過來，把一切都毀了？

可是來的人不是大頭皮特，是柏克。他站在那兒哈哈大笑，黑暗中只見他一口白牙。燈籠的光很微弱，她看不清他的面孔。

他說：「我等妳好久了。」

隆妮雅心頭湧起一陣歡喜──想想看，她有個兄弟等她等了好久！

她說：「我還不是，自從在胖妖精那兒脫身，我就一直在等。」

好一陣子，他們想不出別的話說，就站在那兒，不作聲，可是都為再度相聚而十分快樂。

柏克舉高他的牛油燭，湊近她的臉。

他說：「妳的黑眼睛還在，看來還是老樣子，只是白了一點。」

這時隆妮雅才注意到，柏克跟他記憶中不大一樣。他瘦了；他的臉顯得憔悴，眼睛變得特別大。

她問：「你怎麼了？」

柏克說：「沒什麼，只不過我吃得很少。即使如此，我分到的食物還是比鮑家寨任何一個人多。」

隆妮雅花了好一會兒才弄懂他說的是什麼。

「你是說你們沒有食物？沒有足夠的東西吃？」

「大家都好久沒有足夠的東西吃了。我們的食物都吃光了，要是春天不快點來，我們就都完了。正如妳所願，還記得嗎？」他笑著說。

隆妮雅說：「那是那時候。那時候我沒有兄弟，可是現在有了。」

她打開皮袋，把麵包遞給他，說：「你要是餓，就吃吧。」

柏克發出一個奇怪的聲音，幾乎是尖叫。他接過麵包，一手抓一塊，就大口吃起來，彷彿忘了面前還有個隆妮雅，只顧把麵包往嘴裡塞，吃得連麵包屑也不剩。隆妮雅隨即把那瓶牛奶遞給他，他貪婪的把瓶子湊到嘴邊，喝得一乾二淨。

然後他露出慚愧的表情看著隆妮雅，「這些是不是妳自己要吃的？」

隆妮雅想到拉維絲食物充裕的儲藏室，香噴噴的麵包、羊乳酪和鬆軟的白乳酪、雞蛋、一桶桶醃製的食物、屋頂上垂掛而下的燻羊腿、一箱箱的麵粉、穀粒、乾豌豆、一罐罐的蜂蜜、一籃籃的榛果，還有拉維絲用來加在雞湯裡晒乾的香草與多葉植物；那種雞湯——一整個冬天老是在吃鹽醃和煙燻的食物，隆妮雅不由得懷念起雞湯的滋味，而且開始覺得肚子餓。

可是在柏克住的地方，那兒的人正在挨餓，她想不通為什麼。

他解釋給她聽：「妳要知道，目前我們是很窮的強盜。我們也養了山羊和綿羊，但那是在我們搬來馬特堡之前。現在我們除了馬，什麼也沒有，我們把牠們寄養在鮑卡森林那邊的一個農夫家。謝天謝地我們做了這樣的安排，要不然，照現在這種狀況，我們只好把牠們吃了。我們本來還有一點麵粉、一些蘿蔔、豌豆和鹹魚，可是現在也吃完了。唉，這個冬天真不好過啊！」

隆妮雅覺得柏克遭遇這樣的困境，變得又餓又瘦，彷彿是她自己或馬特堡的錯。可是不管發生什麼事，他都還笑得出來。

「窮強盜，沒錯，我們現在就是這樣！妳聞得出我身上的骯髒和貧窮嗎？」他咧著嘴說：「我們也快沒有水喝了。我們必須把雪融化成水，因為風雪這麼大，常常沒法子到森林裡去鑿開小溪上的冰，何況還得冒著大風雪，挑水上繩梯——妳有沒有試過這種事？一定沒有，否則妳就會明白我為什麼聞起來像個骯髒的強盜了。」

「我們的強盜聞起來氣味也是一樣。」隆妮雅跟他擔保，也算是在安慰他。她自己身上的氣味聞起來還不錯，因為拉維絲每個星期六晚上，都會在火堆前面的大木桶裡替她刷洗。每個星期天早晨，還會用除虱梳替她和馬特除虱，雖然馬特抱怨她把他的頭髮也一塊兒梳掉了。他不喜歡人家幫他梳頭髮，可是他還是得忍受。

拉維絲常說：「有十二個髒兮兮的強盜已經夠了，只要我還拿得動這把梳子，就至少要把他們的頭子給弄乾淨，不管他是死是活。」

隆妮雅熱切的望著燈光下的柏克。雖然沒有人替他除虱，他的頭髮還是像頂銅製的頭盔似的覆蓋在頭上，他的頭還是漂漂亮亮的安在纖細的脖子和挺拔的肩膀上。隆妮雅認為他是個英俊的兄弟。

她說：「你窮、長虱子、骯髒，都沒關係，可是我不要你挨餓。」

柏克笑道：「妳怎麼知道我有虱子？我的確有。不過我真的寧願長虱子也不願挨餓。」

他又嚴肅起來：「別管什麼餓不餓了！可是不管怎麼說，我應該留一點麵包給恩娣的。」

隆妮雅有點遲疑的說：「我可以再拿一點來。」但是柏克搖搖頭。

「不行，我不能拿麵包回去給恩娣，而不告訴她麵包是從哪兒來的。鮑卡發現我跟妳拿麵包，而且還做了妳的兄弟，一定會氣得發瘋。」

隆妮雅嘆口氣。她可以了解鮑卡討厭馬特的強盜，就跟馬特討厭鮑卡的強盜一樣，但是，唉，這對她跟柏克卻是多麼不利啊！

她哀傷的說：「我們只能祕密相會。」柏克同意。

「這是事實。我真恨這樣偷偷摸摸的。」

隆妮雅說：「我也一樣。我最討厭臭鹹魚和漫長的冬天，但是好端端的事硬要保密，更煩人。」

柏克說：「可是妳還是會保密吧？為了我？到春天就好辦多了。我們可以在森林裡見面，不必到這個冰窟似的地窖裡來。」

兩個人都凍得牙齒格格打顫，最後隆妮雅說：「趁我還沒凍死之前，我想我得走了。」

「可是妳明天還會來吧？來看妳滿身虱子的兄弟？」

「我會帶除虱梳和其他東西來。」隆妮雅說。

她信守諾言，整個冬季，每天早晨她都跟柏克在地下室見面，靠著從拉維絲的食物儲藏室取來的食物養活他。

柏克有時對於接受她的贈予很覺慚愧，他說：「我覺得好像在偷妳家的東西。」

隆妮雅覺得很好笑，「我不是強盜的女兒嗎？做做小偷又有何不可？」

何況她也知道，拉維絲藏在儲藏室裡的東西，本來就是從路過森林的富商那裡偷來的。

隆妮雅說：「強盜就是不徵求人家同意就拿他們的東西——我終於學會了這一點。現在我不過是在實踐我學到的東西。你就放心的吃吧！」

她每天給他一袋麵粉、一袋豌豆，讓他拿去偷偷補充恩娣的存貨。她想，事情竟然會變成這樣，我在維持鮑卡的強盜活命。要是被馬特發現，我就慘了！

柏克對她的慷慨感激不已。

「恩娣每天都好驚訝，桶底居然還找得到一點麵粉和豌豆。她認為一定有魔法相助。」柏克帶著他一逕的笑容說。他現在又恢復了一點過去的樣子，不再一臉的飢餓相，這讓隆妮雅很欣慰。

柏克說：「誰知道呢？也許我媽媽說是魔法也沒錯。妳真的長得有點像哈培鳥，隆妮雅。」

隆妮雅說：「可是我很好心，也沒有尖爪子。」

「是啊，妳的心好得不能再好！妳打算救我幾次命，好姊妹？」

她說：「就像你救我的次數一樣多。事實上，我們分開就不能活。我現在明白了。」

柏克：「是的，這是事實。不管馬特跟鮑卡怎麼想。」

可是馬特跟鮑卡都完全沒想到這方面，因為他們對這雙小兒女在地下室私會的事一無所知。

隆妮雅問：「你吃飽了嗎？我要替你除虱子了。」

她像拿武器一樣，拿起除虱梳向他逼近。可憐的鮑卡強盜，連除虱梳都沒有！可是她喜歡觸摸柏克柔軟的頭髮，所以替他梳頭的次數早已遠超過實際需要。

柏克說：「我身上的虱子早就除得一乾二淨，妳再怎麼梳都是白費功夫。」

隆妮雅說：「試試看吧。」就開始起勁的梳他的頭髮。

冬季的嚴寒逐漸緩和，雪一點一點的融了。一天中午，拉維絲趁雪融得最快的時候，把強盜都趕到雪地裡，逼他們洗澡，把滿身泥垢清掉。他們大聲抗議，不肯出去。老呆堅持說，這種事有害健康。可是拉維絲絲毫不肯讓步。她說，冬天的臭味非得趁此機會除掉不可，就算把每個強盜都洗死她也不管。她毫不留情的把他們趕到雪地裡。不久，這群全身光溜溜、不斷大呼小叫的強盜，全在野狼隘旁邊的雪坡上打滾。他們不停的大聲咒罵拉維絲沒心肝，可是還是依照她的吩咐，把全身上下刷洗乾淨，一點也不敢違抗。

只有大頭皮特頑固的拒絕到雪堆裡打滾。他說：「我反正要死了，我要帶著身上的污垢一塊兒死。」

拉維絲說：「隨你便，可是你死之前，至少可以把那群野山羊的頭髮跟鬍子給我剪整齊吧。」

大頭皮特很樂意做這件事。他本來就是剪羊毛的好手，所以剪剪野山羊強盜的毛髮，那真是輕而易舉的事。

「可是我自己頭上這兩撮毛可不能動，不要沒事找事，因為我很快就要入土了。」他很滿意的撫摸著自己的光頭說。

馬特用他孔武有力的臂膀把大頭皮特攔腰抱起，高舉在頭頂。「你不准再說什麼死不死的！我這輩子沒有一天不是跟你一起過的，你這個老傻瓜！你給我搞清楚，你可不能背著我偷偷死掉啊！」

「走著瞧嘛，孩子，走著瞧嘛。」大頭皮特很得意的說。

拉維絲一下午都在城堡的院子裡洗強盜的髒衣服，眾強盜趁著衣服還沒乾的時候，到衣帽間裡找別的衣服穿。這多半是馬特的祖父當年搶了帶回來的。老呆想不通，頭腦清醒的人怎麼會穿這種離譜的東西？他狐疑的把一件紅色套頭襯衫穿上，看起來還不錯，可是結仔和小鬼就太可笑了，他們只能穿女人的襯裙和束腹，因為所有男人衣服都被挑光了。這並不能讓他們變得溫柔一點，可是馬特和隆妮雅已被逗得笑了老半天。

那天晚上，拉維絲燉了一鍋雞湯來修補她跟強盜的關係。他們都氣鼓鼓的圍坐桌邊，每個人都洗刷得乾乾淨淨，頭髮、鬍子剪得整整齊齊，甚至身上的味道都跟以前不一樣，幾乎教人不認識了。

可是當燉雞湯的濃郁香味飄來，他們的怒氣頓時消散了。開飯後，大家就又照常唱歌跳舞，只不過好像比往常斯文了一點。尤其結仔和小鬼特別小心，不敢做任何過於激烈的跳躍動作。

8

春天像一陣歡呼，從馬特堡周圍的森林中響起。雪融了，沿著岩壁往下流，注入小河。河水在迎春的熱情中嘩啦嘩啦噴濺著泡沫，跟每一座瀑布豪放的合唱永不止歇的春之歌。隆妮雅清醒的每一刻都聽見它，甚至每晚夢見它。漫長可怕的冬天結束，野狼隘的積雪不見了，山徑上出現一條湍急的小溪。一大早，馬特和他的手下騎馬通過山隘時，馬蹄濺起大片水花。他們一邊騎，一邊唱歌、吹口哨。咿啊！快活的強盜生涯終於又要開始了。

隆妮雅終於又可以到森林去了，她真是迫不及待。冰雪融化了，她就想去查看她的領域有些什麼變化，可是馬特頑固的把她關在家裡。他說，春天的森林危險重重，在他和手下們出外打劫前，她不能到外面去。

他說：「那時妳才能出去，免得跌進薄冰下的小池塘淹死。」

隆妮雅說：「哼，我就是要淹死，那樣你才更有得囉唆哩。」

馬特無可奈何的看看她，嘆口氣說：「我的隆妮雅。」然後就翻身上馬，率領強盜順著坡騎下去了。

隆妮雅一見最後一匹馬的屁股消失在野狼隘裡，就跟著跑出去。她也唱著歌、吹著口哨、涉過冰冷的溪水。然後她不斷的跑呀跑，跑呀跑，一直跑到湖邊。

柏克正依約等候在那兒。他伸開四肢，躺在陽光下一塊扁平的大石上。隆妮雅不知道他是睡了還是醒著，於是撿起一塊小石頭，扔進水裡，看他聽不聽得見。他聽見了，翻身站起，朝她走來。

他說：「我等妳好久了。」她再次覺得心裡好歡喜，因為有個兄弟在等她，盼望她快來。

現在她來了，一頭栽進春天裡。周遭的一切都那麼美好，愉悅的感覺充塞在她身體裡面，跟她一樣大。她像小鳥般歡叫，聲音高亢而清脆。

她跟柏克解釋說：「我要發出春之吼，不然我會爆炸。聽啊！你可以聽見春天，對吧？」

他們默默佇立，聆聽他們的森林裡傳出一陣陣啁啾聲、水流聲、嗡嗡聲、歌聲、喃喃低語聲。每棵樹、每條水流、每個樹叢裡都有生命；狂野有力的春之歌在每個角落迴盪。

隆妮雅說：「我站在這兒，覺得冬天一滴滴流出去，很快我就會輕飄飄的可以飛了。」

柏克推她一下：「那妳就飛吧！附近一定有野哈培鳥在飛——妳可以加入牠們。」

隆妮雅笑著說：「是啊，我要試著跟牠們相處。」

可是她聽見馬蹄聲。馬群正奮力從下游跑過來，她急忙要趕去。

「來吧！我想捕一匹野馬！」

他們一路狂奔，直到看見馬群。數百匹野馬從林中跑過，蹄聲響徹大地。

柏克說：「牠們一定是被野熊或野狼嚇著了，要不然為什麼那麼驚慌？」

隆妮雅搖搖頭：「牠們不是驚慌——牠們是要把身體裡的冬天甩掉。等牠們跑累了，開始吃草的時候，我要抓一匹帶回馬特堡。我想做這件事想好久了。」

「帶回馬特堡？妳在馬特堡要馬幹什麼？只有林中才適合騎馬。我們倒不如抓兩匹馬，現在就騎。」

隆妮雅考慮了一下，然後說：「鮑卡家的人也可能很有頭腦，我懂了，就聽你的！來吧，咱們動手試試！」

她解下皮繩。現在柏克也隨身攜帶一根皮繩。他們把圈套做好，就躲在野馬喜歡吃草的山谷入口，一塊大石頭後面。

他們一點也不在乎久等。

柏克說：「我好喜歡坐在這兒享受春天。」

隆妮雅偷看他一眼，呢喃的說：「我就喜歡你這一點，柏克．鮑卡。」

他們默不出聲的坐了好久。他們聽見烏鴉和杜鵑不斷叫喚、鳴唱，直到整個天空都是牠們的聲音。剛出生的小狐狸在距他們一個投石距離的洞口，一顛一簸的學走路；松鼠在樹上跑來跑去，野兔在青苔上蹦蹦跳跳，一轉眼就消失在樹叢後面；一條即將分娩的蛇靜悄悄躺在近處的陽光下，他們不去打擾牠，牠也不打擾他們。春天屬於每一個生命。

隆妮雅說：「你說得對，柏克。我為什麼要把一匹馬從牠生長的森林帶走？可是我真的想騎馬，而且時機已經成熟了。」

山谷裡忽然到處都是正在吃草的馬，牠們自在的到處走動，找新鮮的嫩草吃。

柏克指著一對漂亮的栗色小馬，牠們並肩在距馬群稍遠的地方吃草。

「妳看那兩匹怎麼樣？」

隆妮雅點點頭。他們握緊繩套，向那兩匹馬逼近，躡手躡腳的從牠們後方掩過去，慢慢的，愈來愈近。不料隆妮雅踩到一根小樹枝，頓時整個馬群都警覺起來，準備立刻逃跑。不過牠們一見沒有危險的跡象，沒有狼、沒有熊、沒有山貓、也沒有其他敵人，就又放下心來，繼續吃草。

柏克和隆妮雅挑中的兩匹小馬也放了心。現在牠們已經伸手可及了。柏克和隆妮雅相顧點點頭，兩個繩套同時飛出去；下一秒鐘，他們只聽見兩匹被捕獲的馬瘋狂嘶叫，隨即蹄聲如雷鳴響起，整批馬群拔足狂奔，從林中逃走了。

這兩匹小馬野性十足，柏克和隆妮雅試圖把牠們縛在樹幹上，牠們不斷踢腿、騰躍、撕咬、掙扎，希望重獲自由。

他們總算是把馬綁住了，然後急忙躲到蹄子踢不著的地方，一邊喘氣，一邊看著馬兒繼續踢騰。馬兒噴出的飛沫濺得他們滿身都是。

隆妮雅說：「我們該上馬了。剛開始，這兩個傢伙絕不會讓我們騎的。」

柏克也想到了這一點。「首先，我們要讓牠們了解，我們不想傷害牠們。」

隆妮雅說：「我已經用一點麵包試過了。要不是我手縮得快，就要帶兩根斷掉的手指頭回家了，馬特看到會不高興的。」

柏克臉都白了：「妳是說，那個壞蛋在妳給牠麵包吃的時候還想咬妳？

牠真的想咬妳？」

隆妮雅簡短的回答：「你問牠好了。」

她有點失望的看了那匹還在噴沫發怒的小馬一眼，說：「壞蛋——這是個好名字。我就叫牠壞蛋。」

柏克笑道：「那妳也該給我的馬取個名字才公平。」

隆妮雅說：「好吧，牠像個瘋子，你就叫牠蠻子吧。」

柏克喊道：「馬兒，你們聽見了嗎？我們已經幫你們取好了名字。你們叫壞蛋和蠻子，現在你們屬於我們，不管你們高不高興！」

壞蛋和蠻子顯然不高興。牠們還在拚命拉扯、撕咬皮繩，弄得滿身汗水，而且仍不斷亂踢、大聲嘶叫，把遠遠近近的小動物和鳥兒都嚇壞了。

隨著天色轉暗，牠們逐漸安靜下來，最後終於站著不動了。牠們低垂著腦袋，只偶爾發出歸降的哀鳴。

柏克說：「牠們一定是口渴了，我們應該帶牠們去喝水。」

他們解開變得很聽話的馬，帶牠們到湖邊，取下繩套，讓牠們喝水。

牠們喝了好久，然後安靜而滿足的立著，做夢似的瞪著柏克和隆妮雅看。

柏克喜悅的說：「我們馴服牠們了！」

隆妮雅拍拍她的馬，直視牠的眼睛，對牠解釋說：「我說我要騎馬的時候，就是要騎馬，懂嗎？」

然後她緊緊抓住壞蛋的馬鬃，一翻身就跳上牠的背。

「走吧，壞蛋。」她說。隨即她的身體畫出一道圓弧，一頭摔進湖裡。等她從水中探出頭來，正好看見壞蛋和蠻子快步疾奔，消失在樹影後面。

柏克伸出手拉她起來。他沒有作聲，也沒有看她。從水裡爬起來的隆妮雅也不作聲。她晃動身體，甩下一大片水珠，然後她哈哈大笑說：「我今天不再騎馬了！」

柏克也大笑著說：「我也不騎了！」

黃昏已至，太陽下了山，夜已降臨。春天的傍晚只在林間灑下一層奇異的朦朧，並不帶來真正的黑暗。森林裡安靜了下來，只剩下烏鴉和杜鵑的叫聲。小狐狸躲進洞裡，松鼠寶寶和野兔寶寶都已回巢，蝮蛇也鑽回石頭下面。遠處傳來貓頭鷹哀怨的長鳴，不久，就連這聲音也消失了。

整座森林似乎都睡了，可是這時夜間的生命逐漸醒來，林中的夜行動物開始活動。青苔間有悄悄走動和爬行的聲音，胖妖精在樹林裡到處嗅著，毛茸茸的黑矮人躲在岩石後面，灰侏儒也成群結隊爬出藏身處，嘶嘶怪叫，企圖恐嚇所有他們碰到的生物。但最殘暴凶猛的，首推從山上飛下來的野哈培鳥，牠們黑色的身影映在黯淡的春天夜空上。隆妮雅看見牠們了，她一向討厭牠們。

「這兒的妖精和矮人太多了！我要回家了，我已經搞得滿身淤青，又全身溼透。」

柏克說：「妳真的是滿身淤青，全身溼透。可是妳整天都跟春天在一起呢。」

隆妮雅自知在林中待太久了，跟柏克分手後，她一路尋思如何向馬特解釋，讓他了解春天裡她有必要在外頭一直待到晚上。

可是當她走進大石廳時，馬特和其他人卻對她視若無睹，也沒人來囉唆她。他們有其他的煩惱。

火爐前的獸皮上躺著大鵬，他臉色蒼白，眼睛緊緊閉著。拉維絲跪在他身旁，忙著包紮他脖子上的傷口。其他強盜陰沉的站在四周圍觀。只有馬特像頭憤怒的熊，踱來踱去，不住的吼叫、咒罵。

「哼，鮑卡家的人和他那班強盜全是下流的惡魔！哼，那群土匪！哼，我要把他們一個一個揍扁，讓他們這輩子甭想再動彈！哼，哼！」

他想不出新的字句，只有不斷叫囂大吼，直到拉維絲嚴肅的指指大鵬。這時馬特才想到，太多嘈雜聲對這個可憐的傢伙沒有好處，才心不甘情不願的閉上嘴。

隆妮雅知道，這不是找馬特說話的時機，還不如去問大頭皮特，究竟發生了什麼事。

大頭皮特說：「鮑卡這種人該吊死。」

大頭皮特說，馬特和他勇敢的同伴照常在強盜小徑上埋伏，運氣很好，來了一大群旅人——帶著糧食、皮革，還有大把錢的客商。他們根本沒有自衛能力，所以東西全給搶光了。

隆妮雅不安的問：「他們難道不會不高興嗎？」

「妳以為會怎樣？妳真該看看他們一邊咒罵、一邊落荒而逃的樣子！我確信他們是急著去找官府告狀。」

大頭皮特輕笑了幾聲，可是隆妮雅不覺得這有什麼好笑。

大頭皮特接著說：「妳猜接著怎麼樣？就在我們剛把所有的東西裝上了馬，正打算回家時，鮑卡跟他的寄生蟲就突然跑出來，要求瓜分我們的戰利品。他們還發箭，真是野蠻！所以大鵰脖子上中了一箭。後來我們當然也還擊——哼，好得很，他們至少也有兩、三個吃了同樣的苦頭。」

馬特正好走過來，聽見這話，便咬牙切齒的說：「等著瞧——這只是個開始。我要叫他們每個人都不得好死。我一直跟他們和平相處，現在要讓鮑卡強盜一個個完蛋。」

隆妮雅心頭湧起一陣憤怒，「可是如果馬特強盜也都一個個完蛋怎麼辦？你沒有想到這一點，對吧？」

馬特說：「我根本不想。這種事不可能發生的。」

隆妮雅說：「你什麼都不懂。」

她坐到大鵬床邊，把手放在他額頭上，發現他在發高燒。他張開眼睛看著她，擠出一個微笑。

他說：「他們休想一出手就把我幹掉。」可是他的聲音很微弱。

隆妮雅拉起他的手，緊緊握著說：「不會的，大鵬，他們不可能一出手就把你幹掉的。」

她握住他的手，在那兒坐了很久。她沒有流淚，可是她的心在悲泣。

9

大鵬發了三天燒，奄奄一息的躺著不能動。精通醫術的拉維絲像母親似的照顧他，餵他吃多種草藥、替他更換繃帶。令人意外的，第四天他竟然能下床了。雖然兩腿仍然無力，但精神很好。那枝箭射中了他頸部的一根筋，傷口痊癒後，筋絡收縮得比較短，使大鵬的頭歪向一邊，顯出一副愁眉苦臉的樣子，儘管他還是跟過去一樣的勇敢而快樂。所有強盜見他大難不死，都非常高興，有時他們會開玩笑的叫他「歪頭」，大鵬也毫不在意。

唯一不開心的人是隆妮雅。馬特與鮑卡的仇隙使她的生活變得艱苦。她原本以為他們之間的敵意會逐漸淡化，不料卻愈來愈深，愈來愈熾烈。每天早晨馬特帶手下騎馬經野狼隘出山，她都不知道有多少人能毫髮無損的回來。直到晚上看到他們都安然圍坐在長餐桌前，她才放心。但是第二天一早，她就又開始提心弔膽。

有一天，她問父親：「你非跟鮑卡鬥個你死我活不可？」

馬特說：「妳去問鮑卡。第一枝箭是他射的，大鵬可以作證。」

可是拉維絲也忍不住說：「這孩子比你理智，馬特！這樣鬧下去，只會造成流血、死傷，有什麼好處？」

馬特對於隆妮雅和拉維絲聯合起來反對他，深感憤怒，他大聲道：「有什麼好處？這樣才能讓鮑卡永遠滾出馬特森林，連這個都不懂嗎，笨蛋！」

隆妮雅問：「一定要流血作戰，所有人都死光了，你才肯停手嗎？難道沒有別的辦法嗎？」

馬特對她怒目而視。跟拉維絲吵架是家常便飯，但是隆妮雅反抗他，卻令他無法忍受。

「那妳去想法子好了，既然妳那麼聰明，妳去把鮑卡趕出馬特堡！他可以率領他那夥狗賊到森林去住，我保證他們在那兒會跟狐狸糞一樣平安。那我就絕不碰他們一下。」

他停下來想了一會兒，喃喃的說：「可是我不殺鮑卡，江湖上會笑話我的。」

隆妮雅還是每天到森林裡跟柏克見面，這是她最大的安慰。可是現在她再也不能無憂無慮的享受春天了，柏克也一樣。

柏克說：「連我們的春天也被兩個壞脾氣又不講理的老強盜頭子給毀了。」

隆妮雅覺得馬特變成一個壞脾氣又不講理的老強盜頭子，真是可悲。她那個像森林裡的松樹的馬特，她力量的泉源——為什麼現在她會覺得所有的煩惱只能對柏克傾吐呢？

她說：「要是我沒有你這個兄弟，真不知道……」

他們坐在湖邊，燦爛的春天圍繞著他們，可是他們無心去感受。

隆妮雅若有所思的說：「如果沒有你這個兄弟，馬特要除掉鮑卡，我可能完全不會在意。」她回頭看著柏克笑道：「所以我會有這麼多煩惱，都是你的錯！」

柏克說：「我不希望妳煩惱，可是我也不好過。」

他們滿懷憂愁的並肩坐了很久，但至少他們在一起，這就是一種安慰。

隆妮雅說：「最煩人的是，晚上不知道又有誰會送命、誰會活著回來。」

柏克說：「目前還沒有人死掉，不過那只是因為官府又開始派人在林中巡邏。馬特跟鮑卡沒有機會自相殘殺，他們光是躲官兵已經忙不過來了。」

「是啊，這真是我們的運氣。」隆妮雅說。

柏克笑道：「妳看，官府的人幫了我們大忙——誰想得到呢？」

隆妮雅說：「同樣的，這件事也讓人擔心。我想你跟我這輩子都永遠會擔心個沒完沒了。」

他們去看野馬吃草。壞蛋和蠻子也在馬群當中，柏克吹口哨喚牠們，牠們昂起頭，似乎用心考慮了一陣，然後繼續吃草。牠們顯然認為沒有必要為他煩心。

柏克說：「你們這兩個畜生，少裝出一副好脾氣的樣子。」

隆妮雅想回家了。感謝那兩個壞脾氣的老強盜頭子，現在連在森林裡流連都變得沒有樂趣可言了。

那天跟往常一樣，她跟柏克在距野狼隘很遠，也距所有強盜可能經過的小徑很遠的地方就分手。他們知道馬特回家走哪條路，鮑卡慣走的路線又是哪條，可是他們總擔心被人看見他們在一起。

隆妮雅讓柏克先走。

他說：「明天見。」就跑掉了。

隆妮雅徘徊了一會兒，看小狐狸跳躍玩耍。這一幕很能逗人開心，可是隆妮雅一點感覺也沒有，她只悶悶不樂的想，要是一切恢復從前的樣子就好了。也許她在這片森林裡，再也找不回過去的快樂了。

然後她轉身回家。走到野狼隘，她發現站崗的是傑普跟小鬼，他們顯得格外興奮。

傑普說：「妳快回家看發生了什麼事！」

隆妮雅很好奇，「一定是好事，從你們的表情就看得出來。」

小鬼咧著嘴說：「是啊，一點都不錯。快回去自己看吧。」

隆妮雅開始奔跑。她的生活正需要一些好事來調劑。

不久她就來到大石廳緊閉的門外，聽見裡面傳來馬特的笑聲，響亮迴盪的笑聲使她心底湧起一陣暖意，帶走了所有的煩惱。她等不及想知道什麼事讓他這麼開心。

她急切的跑進大石廳。馬特一看見她就跑過來，一把將她抱起，高高舉在半空中打轉，一副樂不可支的模樣。

他大喊道：「親愛的隆妮雅，妳說得對！沒有必要流血。現在鮑卡就要下地獄了，比吃完早飯打第一個飽嗝還快，相信我，準沒錯！」

「怎麼會呢？」隆妮雅問。

馬特指指點點著說：「看這兒！看我親手逮著了什麼！」

大石廳裡滿是興奮的跳上跳下、大喊大叫的強盜，所以隆妮雅一開始簡直看不出馬特指的是什麼。

「妳瞧，親愛的隆妮雅，現在我只需要對鮑卡說：『你走還是不走？你還想不想要你的小毒蛇活命？』」

她隨即看見了柏克。他躺在角落裡，手腳都被綁住，前額還有血跡，眼裡滿是絕望，馬特的強盜圍著他跳，一邊怪吼怪叫，還對他喊道：

「喂，小鮑卡，你什麼時候回去見你爹啊？」

隆妮雅尖叫一聲，淚水和憤怒一塊兒湧進她眼裡。

「你不可以這樣！」她握緊拳頭，拚命捶打馬特：「你這個畜生，你不可以這樣！」

馬特砰的一聲把她放下；他收了笑容，氣得臉色發白。

他滿眼兇光的問：「我女兒認為我不可以做什麼？」

隆妮雅尖聲叫道：「我告訴你。你愛去搶人家的錢或貨物或垃圾，都隨你的便。可是你不可以搶人，要是你做這種事，我就不要做你女兒了！」

馬特聲音含糊的說：「哪兒有什麼人？我抓的是一條小蛇，一隻虱子，一個小狗賊，我要清理我父親留下的城堡，妳愛做我的女兒不愛，妳自己決定。」

「畜生！」隆妮雅對馬特尖叫。

大頭皮特走進他們中間。他開始害怕了，他從來沒見過馬特臉色變得那麼殘酷恐怖，這把他嚇壞了。

大頭皮特牽起隆妮雅的臂膀，對她說：「妳不可以這樣跟爸爸說話。」

可是隆妮雅把他的手甩開。

「畜生！」她再次尖叫。

馬特彷彿沒聽見。彷彿對他而言，她已經不存在了。

他仍用那種可怕的聲音說：「老呆，你到地獄溝去送個信給鮑卡。告訴他我明天一早，太陽一出來，就要跟他見面。他最好準時到，就這樣告訴他！」

拉維絲站在一旁聽，兩條眉毛打成一個結，可是她一言不發。最後她走過去看看柏克，見他額頭上有道傷口，就把裝草藥汁的罐子拿來。但她正想清洗傷口，馬特就暴喝道：「不准妳碰那條小毒蛇！」

拉維絲說：「不管是不是小毒蛇，這道傷口得洗乾淨！」

於是她幫他洗了傷口。

馬特走過來，一把抓住她，把她推倒在地上。要不是結仔在旁扶住，她就會撞到一根柱子上。

拉維絲可不是輕易讓人家這麼對待她的人。雖然一時打不到馬特，她反手就給了結仔一記響亮的耳光。這就是結仔救她免於撞上柱子所得到的回報。

拉維絲尖叫道：「滾出去，你們這些臭男人！我受夠你們了！你們除了惹麻煩什麼也不會。聽見沒有，馬特？滾出去！」

馬特狠狠瞪她一眼。換成別人一定會嚇著，可是拉維絲不怕，她雙手交叉抱胸，看著他大踏步走出大石廳，其他強盜魚貫跟在後面。可是馬特肩上扛著滿頭紅髮的柏克。

沉重的大門在他身後關上，隆妮雅再度尖叫道：「你是個畜生，馬特！」

那天晚上，馬特沒有回他跟拉維絲的房間，也不知道他睡在哪。

拉維絲說：「我才不在乎，樂得可以直著躺、橫著躺。」

但是她睡不著，她聽見女兒絕望的哭個不休，也不讓人安慰。

隆妮雅只能獨自熬過這個晚上。她躺著久久無法入睡，痛恨自己的父親，恨得心糾成一團。可是要恨一個妳一直熱愛著的人，著實不容易，這真是她畢生最難熬的一個晚上。

終於她睡著了。可是晨光乍現，她立刻醒來。太陽很快就要升起，她一定要及時趕到地獄溝，看會發生什麼事。拉維絲企圖阻止她，可是誰也擋不住隆妮雅。她還是去了，拉維絲默默在後面跟著。

他們站在跟上次一樣的地方，各據地獄溝的一邊，馬特和鮑卡的強盜都在場，恩娣也在，隆妮雅老遠就聽見她的尖聲叫罵和詛咒，她在痛罵馬特，言詞激烈得幾乎把空氣都攪沸了。

馬特說：「鮑卡，你能不能叫你老婆安靜一點。我要說的話你最好能聽得見。」

隆妮雅站在他正後方，這樣他就不會看見她。她聽見和看見的一切都超出她忍受的限度，柏克站在馬特身旁，手腳都已經鬆綁，可是脖子上套著一個繩圈，被馬特像小狗似的牽著。

鮑卡說：「馬特，你是個惡毒的人。你要我搬出去，我可以了解，但是你利用我的孩子要脅我來達成目的，實在太惡毒了！」

馬特說：「我沒問你對我有什麼看法，我只想知道你多久會搬走。」

鮑卡氣得說不出話。他沉默了很久，終於說：「首先我得找到一個沒有危險的地方安頓下來，這不容易。可是只要你把我兒子送回來，我保證我們在過完夏天前會離開。」

馬特說：「很好，那麼我也向你保證，過完夏天前，我會把你兒子交回給你。」

鮑卡說：「我現在就要你交還。」

馬特說：「我現在不會交還給你，反正馬特堡有的是地牢，他不愁頭上沒有屋頂遮蔽。萬一夏天常下雨，你也不必擔心。」

隆妮雅倒吸了一口氣。父親這念頭好殘忍。現在鮑卡非馬上搬走不可，要不然柏克會被關在地牢裡，直到夏末。可是他在那兒絕對活不了那麼久，隆妮雅知道，他會死，她就再沒有兄弟了。

她也再沒有一個值得她愛的父親了，這也會傷她的心。她要為這件事懲罰馬特，而且因為她不能再做他的女兒，啊，她多麼希望他跟她一樣受苦，她多麼希望毀滅他所擁有的一切，使他全部的計畫化為泡影。

忽然她想到一條妙計。她好久以前這麼做過，當時她也在生氣，可是沒有像現在這麼氣得要發瘋。她好像高燒昏迷一般，跑了幾步，一躍跳過地獄溝。馬特見她縱身半空中，不由得喊了一聲，就像野獸垂死時發出的那種聲音。他手下的強盜頓時覺得全身涼了半截，因為他們從來沒有聽過這樣的聲音。他們看見隆妮雅，他的隆妮雅已站在地獄溝絕壁的另一頭，跟他的敵人同一邊。這是全世界最可怕的事——也是最難理解的事。

鮑卡的強盜也非常困惑。他們呆瞪著隆妮雅，好像有隻哈培鳥意外的降落在他們中間。

鮑卡也覺得莫名其妙，可是他很快就恢復神智。他知道，現在局勢全盤反轉過來，馬特這個像哈培鳥的女兒突然跑來幫他解圍。她為什麼要做這麼沒道理的事，他完全想不通，可是他立刻拿個繩圈套在她脖子上。

他隨即對馬特喊道：「我們這邊也有地牢。要是夏天下雨，你女兒頭上也不怕沒有屋頂遮蔽。你也放心吧，馬特！」

可是馬特哪裡放得下心！他像一頭受傷的大熊，身體搖搖欲墜，彷彿正在強忍著某種酷刑。隆妮雅淚眼朦朧的望著他，他已丟開拴著柏克的那根繩子，可是柏克還站在那兒，蒼白而不知所措的隔著地獄溝望著隆妮雅。

恩娣走上前，打了她一巴掌，「好呀，妳哭呀！我要是有那麼一個畜生父親，也會這麼做！」

可是鮑卡叫恩娣別講話，他不要她插手這事。

隆妮雅自己罵過馬特是畜生，但現在她目睹馬特因自己的所作所為而極端痛苦，卻盼望能安慰他，叫他不要那麼難過。

拉維絲也想幫助他。每當他有需要，她都陪伴在側。現在她也站在他身旁，可是他甚至沒注意到她的存在。他現在什麼都不知道，這一刻，他是全世界上最孤單的人。

鮑卡高聲對他說：「你聽見了嗎，馬特？你要不要交還我的兒子？」

馬特只是站在那兒，搖搖晃晃，沒有答話。

鮑卡再次叫道：「你到底要不要交還我兒子？」

馬特終於醒了，他心不在焉的說：「當然要。你說什麼時候？」

鮑卡說：「我說就是現在。不要等到夏末，就是現在！」

馬特點點頭說：「我說過了，你決定時間。」

彷彿這件事跟他再也沒有關係似的。但鮑卡笑咪咪的說：「同時你也可以把你的孩子接回去。公平交易，不是搶劫——你知道，你這無惡不作的傢伙！」

馬特說：「我沒有孩子。」

鮑卡愉快的笑容消失了。「你什麼意思？你又有什麼陰謀詭計？」

馬特說：「你可以來接你的兒子。可是你不可能以我的孩子交換，因為我沒有孩子。」

「可是我有！」拉維絲用一種把城堞上烏鴉都嚇跑了的尖叫聲說：「我

要我的孩子，懂嗎，鮑卡！現在就要！」

然後她定睛瞪著馬特說：「即使這孩子的父親發瘋了。」

馬特轉過身，拖著沉重的腳步走開。

10

以後幾天，馬特都沒有到大石廳來，野狼隘換俘的時候，他也不在場，是由拉維絲出面接女兒回家的。老呆和傑普來給她報信，他們就帶柏克前去。鮑卡和恩娣率領他們的強盜，在野狼隘外面等，滿懷怒火和勝利喜悅的恩娣，看見拉維絲就等不及的說：「那個搶小孩的馬特——我就知道他沒臉來！」

拉維絲不屑回應她。她把隆妮雅拉到身邊，就打算不發一言的離開。她一直想不通，女兒為什麼會自願投入鮑卡的掌握？直到這次接觸，她才看出一點端倪。隆妮雅和柏克這兩個孩子痴痴相望，彷彿野狼隘、甚至全世界就只有他們兩個。真的，每個人都看得出他們中間有一種特殊的聯繫。

恩娣也立刻發現了。她不喜歡自己目擊的這一幕，她猛力抓住柏克追問：

「你和她是怎麼回事？」

柏克說：「她是我姊妹，她救了我的命。」

隆妮雅靠在拉維絲身邊哭起來。她輕輕說：「他也救過我的命。」

但鮑卡氣得滿臉通紅。

「我的兒子竟然背著我，跟我敵人的孩子做朋友？」

柏克望著隆妮雅，再次說：「她是我姊妹。」

「姊妹？」恩娣叫道：「哼，好吧，再過一、兩年，我們就知道那是什麼意思了！」

她抓住柏克，企圖把他拉走。

柏克說：「別碰我，我自己會走，不要妳拉。」

他轉過身走了，隆妮雅哀叫一聲：

「柏克！」

可是他已經走掉了。

拉維絲跟隆妮雅獨處的時候，她有好多問題要問，可是沒有機會。隆妮雅說：「不要跟我講話。」

所以拉維絲就讓她安靜一下，她們默不作聲的走回家。

大頭皮特在大廳裡迎接隆妮雅，一副她剛剛死裡逃生的模樣。他說：「真高興妳還活著。可憐的孩子，我好擔心妳啊！」

可是隆妮雅掉頭走開，默默躺在自己床上，把周圍的簾子都拉上。

大頭皮特苦惱的搖搖頭說：「馬特堡一片愁雲慘霧。」然後他悄聲對隆妮雅說：「我把馬特找到我房裡，可是他就躺在床上瞪著天花板，一句話也不說。他不肯下床，也不肯吃東西。我們該把他怎麼辦？」

隆妮雅說：「他餓夠了就會來吃的。」

可是她還是很擔心。第四天，她走進大頭皮特房裡，把心裡的話說出來。

「來吃點東西吧，馬特！大家都等著你呢。」

馬特終於來了，變得好憂鬱、好瘦，簡直認不出是他。他一言不發的坐下，就開始吃。他手下的強盜也都不作聲。大石廳裡從來不曾如此安靜過。隆妮雅坐在往常的位置，可是馬特看都不看她一眼；她也盡可能避免看他。她只偷瞄過他一眼，覺得馬特變得跟她一向所熟知的父親完全不一樣。是的，一切都變得不一樣，變得好可怕！她真想起身跑掉，不要跟馬特在一起，逃到只有自己一個人的地方。可是她還是猶豫不決的坐在那兒，不知道該如何處理滿心的傷痛。

這頓飯吃完時，拉維絲沒精打采的問：「你們吃夠了嗎，你們這群快樂的小丑？」這種沉默真叫她難以忍受。

強盜們喃喃抱怨著，一個一個起身，盡快跑去看他們的馬，這些馬兒已經連續第四天關在馬房裡沒出門了。他們的頭兒既然除了躺在大頭皮特房裡瞪牆壁之外什麼也不做，他們也就不能出外打劫。他們覺得太不幸了，因為現在正值最多行商通過森林的季節。

馬特一個字也沒說的走出大石廳。那一整天，他沒再露面。

隆妮雅又衝到森林裡去。過去三天她一直在那兒找柏克，可是他都沒有來，她不懂為什麼。他們對他怎麼了？難道他們把他關起來了，不讓他再到森林來跟她一起？什麼消息也沒有，只能等待的滋味真不好過。

她在湖畔坐了很久，燦爛的春天環繞在她四周。可是沒有柏克在，這一切都不能帶給她快樂。她想起過去，當初只要一個人在林中獨處她就已經很滿足，那好像已經是好久好久以前的事！現在她每件事都只想跟柏克分享。可是似乎今天他也不會來了，她等得累了，就起身準備離開。

就在這時他來了。她聽見他在杉林間的口哨，便無比雀躍的跑過去。他就在那兒！背上馱著一大包東西。

他說：「我要搬到森林裡來住。我不能再住鮑家寨了。」

隆妮雅驚訝的望著他：「為什麼？」

他說：「就是這樣。我沒法子忍受永遠沒完沒了的嘮叨和責罵。三天已經夠了！」

隆妮雅想，馬特的沉默比責罵還令人難過。忽然她也想通自己該怎麼做，不能忍受的狀況是可以改變的！柏克可以這麼做，她什麼不能跟進？她熱切的說：「我也要離開馬特堡。我要！真的，我要。」

柏克說：「我是山洞裡出生的，從小在山洞裡長大。妳能過那種生活嗎？」

隆妮雅說：「只要是跟你一起，我哪裡都能過，尤其是在大熊洞裡！」

山腳下有好幾個山洞，其中最好的是大熊洞。隆妮雅自從開始在林中漫遊，就知道有這個洞，馬特帶她去過，他自己小時候也曾在那兒住過，那是在夏天。大頭皮特告訴過她，冬天的時候，熊在那兒冬眠，所以他叫它大熊洞，從此這就成了洞的名字。

大熊洞就在河邊，高懸在河上方，有兩座崢嶸的峭壁夾持，只有藉著山邊突出的岩石踏腳可以走進去，這條岩徑一路非常狹隘而危險，可是到了洞外有一片開闊的岩石平台，你可以高高坐在湍急的河流上空，欣賞朝陽燦爛的升起，照亮所有的山岳與森林。隆妮雅常來看日出，真的，她確信這個洞裡可以住人。

她說：「我晚上到大熊洞來，如果你會在那兒的話。」

柏克說：「好呀，還會有什麼更好的地方呢？我會在那兒等妳。」

那天晚上，拉維絲照常為隆妮雅唱「狼之歌」，不論歡喜或悲傷，一天將盡時，她總要唱這首歌。

可是這是我最後一次聽到它了，隆妮雅想。這讓她很難過。離開母親是件難過的事，可是不能再做馬特的孩子更令人難過，所以她必須搬到森林裡去，即使因此而再也不能聽到「狼之歌」。

就是現在，只等拉維絲睡熟。隆妮雅躺在床上，瞪著爐火，靜靜等候。拉維絲不安的在床上翻身，最後聲息終於停了。隆妮雅從她平靜的呼吸聲得知，她睡著了。

隆妮雅隨即爬下來，在火光下凝視沉睡的母親良久。

她想說，親愛的拉維絲，也許我們會再相見，也許不會。

拉維絲鬆開的長髮散亂的披在枕上，隆妮雅輕撫她棕紅色的髮絲。像個孩子似的躺在那兒的，真的是她的母親嗎？她好疲倦；枕邊少了馬特，她也好寂寞；現在連她唯一的孩子，也要離開她了。

隆妮雅喃喃的說：「原諒我，可是我非走不可！」

然後她悄悄走出大廳，拿起早已藏在衣帽間裡的行李。那包東西重得她幾乎拿不動，走到野狼隘，她就把行李丟在晚上輪值站崗的泰波和湯姆腳下了。雖然馬特對派人站崗早已失去興趣，但大頭皮特還是很熱心的替他安排好了。

泰波瞪著隆妮雅：「看在所有哈培鳥份上，妳三更半夜要跑到哪兒去啊？」

隆妮雅說：「我要搬到森林裡去住。你們一定要告訴拉維絲。」

泰波說：「妳幹嘛不自己告訴她？」

「嗯，因為她一定不會讓我走！我不要人家阻止我。」

湯姆說：「那妳想妳父親會怎麼說呢？」

隆妮雅若有所思的說：「我父親？我還有父親嗎？」

她向他們揮揮手道別，「告訴大家說我愛他們！別忘了大頭皮特。還有，你們唱歌跳舞的時候，也要偶爾想起我。」

泰波和湯姆聽了這話，都再也忍不住，眼淚湧入他們的眼眶，隆妮雅也不禁流了一點淚。

泰波難過的說：「我想馬特堡再也不會有人要跳舞了。」

隆妮雅撿起行囊，搭在肩上。「告訴拉維絲，請她不要難過，也不要擔心太多。如果她要找我，我就在森林裡。」

湯姆說：「妳有什麼話要我們轉告馬特嗎？」

隆妮雅歎口氣說：「沒有。」

然後她就走了。泰波和湯姆默默望著她，直到她的身影消失在小徑的轉角。

夜已深了，月亮高掛在中天。隆妮雅在湖邊歇歇腳，她坐在一塊石頭上，只覺得她的森林裡一片寂靜。她用心聆聽，但是除了寂靜，什麼也沒聽見。春夜的森林彷彿到處是祕密，到處有魔法，還有很多奇異而古老的東西。當然也有危險，可是隆妮雅不怕。

她想，只要附近沒有哈培鳥，我就跟在馬特堡一樣安全。森林就是我的家，像往常一樣，甚至比以前更像家，因為我已經沒有別的家了。

湖水躺在那兒，非常黑，但湖對岸有一片月光。這景致好美，隆妮雅看著，心情就輕鬆起來。真奇怪啊，一個人可以同時覺得快樂和憂傷！她為馬特而憂傷，還有拉維絲；可是眼前這一片屬於春夜的神奇、美麗、寂靜，又令她快樂。從現在開始，她就要住在這座森林了，跟柏克一起。她立刻想起他正在大熊洞等她——她還坐在這兒想什麼呀？

她扛著行囊站起身。到大熊洞的路還很遠，事實上根本沒有路，不過她知道該怎麼走。就像林中的動物，以及所有的胖妖精、黑矮人一樣，她知道路在哪兒。她不慌不忙的走過月光掩映下的林子，穿梭在松樹和杉樹之間，踩在青苔和藍莓的枝葉上，經過桃金孃香氣撲鼻的沼澤，也經過深不見底的黑色水潭。接著她又跨過長滿青苔的倒臥樹幹，涉過輕泛漣漪的小溪；她筆直的穿過樹林，不偏不倚的朝大熊洞直直走去。

她看見一塊突起的岩地上，有黑矮人在月光下跳舞。大頭皮特曾經告訴她，他們只在有月亮的晚上才跳舞。她停留欣賞了一會兒，沒讓他們發現。他們跳的舞很奇怪，非常安靜而笨拙的左右搖擺，自顧自哼些含糊的調子。大頭皮特說這就是他們的春天之歌，也曾經模仿給她聽，可是跟現在她聽到的不大一樣——這是一種古老而哀傷的曲調。

想到大頭皮特，她就不由得想起馬特和拉維絲，不禁又傷心起來。不過當她終於抵達大熊洞。看見火光，她就把這一切都拋在腦後——沒錯，柏克在洞外的岩石上生了火，這樣他們就不至於在寒冷的春夜裡受凍。火光熊熊，她從老遠就能望見，她想起馬特常說的一句話：「有家的地方，就一定有火光。」

隆妮雅想，倒過來，有火光的地方，也一定有個家，現在大熊洞裡也有一個家。

柏克在那兒，安安靜靜坐在火堆旁，吃一塊烤肉排。他叉了一塊肉，遞給她。

他說：「我等妳好久了。吃吧——在妳唱『狼之歌』之前！」

11

他們在用杉樹枝搭的床上躺下來後，隆妮雅想為柏克唱「狼之歌」，可是她一想起拉維絲為她和馬特唱這首歌的情景，以及馬特堡過去的一切，就覺得胸膛裡有什麼東西在撕扯，再也唱不下去。

好在柏克已經睡著了。這一整天，他利用等候她的空檔，把最近才結束冬眠的熊所留下的痕跡清掃得乾乾淨淨，然後從森林裡拖來了柴薪供生火之用，樹枝則用來鋪床。他辛苦了一天，所以很快就入睡了。

隆妮雅一直睡不著。洞裡很黑，又冷，可是她沒凍著。柏克給她一塊羊皮鋪在杉樹上，她也從家裡拿來一床松鼠皮的小被子，裹在身上又柔軟又溫暖。她清醒的躺在床上並不是因為寒冷，只是睡意遲遲不出現。

好長一段時間，她躺著，絲毫感覺不到她所預期的快樂。她從洞口可以看見寒冷的春天夜空，也可以聽見河水在溪谷深處嘩嘩流過、有催眠效果的聲音。她想，這是跟馬特堡一樣的天空，我在家也聽得到相同的流水聲。

然後她就睡著了。

他們醒來的時候，太陽已高掛在河對岸的山峰上。它從晨霧中露臉，紅得像著了火，照射得遠遠近近的樹木一片通紅。

柏克說：「我凍得全身發青。黎明是最冷的時刻——然後就會愈來愈暖。想到這點，就覺得安慰吧？」

牙齒格格打顫的隆妮雅說：「有個火堆我會更覺得安慰。」柏克挑挑火堆，餘燼又有了生氣。他們坐在火堆前面吃麵包，喝隆妮雅帶來的羊奶。吃完最後一口食物，隆妮雅說：「從現在開始，我們就只能喝泉水了。」

柏克說：「這樣我們長不胖，不過也死不了。」

他們相顧大笑。大熊洞的生活會很艱苦，可是他們不會因此感到沮喪。隆妮雅甚至不記得前一個晚上她曾經不快樂過。現在他們吃飽了，身體也暖了。早晨這麼美，他們像小鳥般自由，彷彿到現在他們才覺悟這件事。幾天來的憂愁煩惱都被他們拋到腦後，他們要忘記一切的不愉快，他們再也不要想那些事。

柏克說：「隆妮雅，妳知道我們有多自由嗎？」想到這點，他不禁仰頭哈哈大笑起來。

隆妮雅說：「是啊，這是我們的王國。沒有人能從我們手裡搶走，也不能趕我們出去。」

他們坐在火堆旁看太陽繼續上升。河水在他們下方流過，整座森林都醒了。樹梢在清晨的微風中輕輕顫動，杜鵑鳥啼叫，一隻啄木鳥在附近啄樹幹，河對岸的樹林邊出現一個麋鹿家庭。他們倆坐在那兒，覺得一切由他們統治——河流、樹林，以及所有其中的生物。

隆妮雅說：「摀起耳朵——我要發出春天的嘶吼了。」

她發出一聲長嘯，在山間迴盪不已。

柏克說：「我現在最需要做的就是，趁妳這聲春天的嘶吼把野哈培鳥從山上引下來找我們麻煩前，趕快把弩箭拿到手。」
隆妮雅問：「哪來的弩箭？回鮑家寨去拿嗎？」
柏克說：「不是的……在外面的林子裡。我不能一口氣把所有東西都帶在身邊，所以我利用一個樹洞藏東西，我把各式各樣有用的東西藏在那兒。」
隆妮雅說：「馬特還不讓我用弩箭，不過如果你把刀借給我，我可以自己做一把普通的弓。」
「好呀，不過妳要小心使用。妳要記住，這是我們最寶貴的一件東西。沒有了刀，沒法子在森林裡活命。」
隆妮雅說：「還有很多東西，少了都沒法子在森林活命。例如裝水的水桶——你想到沒有？」
柏克笑著說：「當然想到了。可是光靠想的，不能把水裝了提來。」
「所以我知道哪兒可以弄到一個，就很有用了。」隆妮雅說。
「哪兒？」
「在拉維絲的治病泉那兒，就在野狼隘下面的森林裡。昨天她差遣大鵬去打水，給大頭皮特治胃病。可是有兩隻野哈培鳥追趕大鵬，他水桶都來不及拿就逃回來。他今天得去把水桶撿回來——拉維絲會記得的，相信我！如果我動作夠快，也許能在他之前把水桶拿到手。」

他們急忙趕去。他們跑得飛快，一路穿過森林，拿到了他們需要的東西。他們又花了不少時間，才回到洞裡。隆妮雅拿到了水桶，柏克也從他藏東西的地方拿到了弩箭和其他物品。他把這些東西排列在洞外的大石板上讓隆妮雅看：一柄斧頭、一塊磨刀石、一個小鍋子、釣魚用具、捕鳥網、弩箭、一支短矛——都是林中謀生的必需品。

隆妮雅說：「很好，我現在知道你很清楚我們森林裡的人怎麼過活了。我們得自己找食物，還得防禦哈培鳥和各種猛獸。」

柏克說：「我清楚得很。當然我們要……」

他住了口，因為隆妮雅抓住他手臂，緊張的悄聲說：「別說話！洞裡有人。」

他們屏住呼吸靜聽。沒錯，的確有人在他們的洞裡，有人趁他們不在的時候偷跑進去。柏克拿起短矛靜靜等待。他們聽見有人在洞裡走來走去，因為看不到是誰，更覺得詭異。事實上，洞裡還不只一個，或許整個洞裡全是哈培鳥，藏在那裡守候，隨時可能衝出來，把爪子插進他們肉裡。

最後他們終於再也忍不住了。

柏克叫道：「出來，哈培鳥！如果你們有膽面對全森林最鋒利的矛！」可是沒有人出來，相反的，他們聽見洞裡傳出憤怒的嘶嘶聲：「人類在灰侏儒的森林裡！全體灰侏儒，咬呀，攻擊呀！」

這真把隆妮雅氣壞了。她叫道：「滾出來，灰侏儒，立刻給我滾，要不然我就進去把你們的毛拔光！」

一大群灰侏儒跑出洞來，嘶嘶叫著，還對隆妮雅吐口水。她不甘示弱的吐回去，柏克還舉起短矛向他們揮舞。他們一見到矛，就急忙跑下山去。他們手忙腳亂的沿著陡峭的山壁往下爬，想到河邊去。但有幾個失足掉進瀑布裡，氣得吱吱直叫，最後整群灰侏儒都掉進河裡，順流而下，不過最後都平安上了岸。

隆妮雅說：「這些小畜生都是游泳高手。」

「也是吃麵包的高手。」柏克說。他們進洞後，發現灰侏儒吃掉了一整條他們藏起來的麵包。

還好他們還沒造成嚴重的破壞，但光是他們來過這個事實，就已經夠受了。

隆妮雅說：「情況不大妙。他們會到處嚷嚷，不久消息就會傳遍整座森林，到時候就沒有一隻哈培鳥不知道我們在這兒了。」

可是在馬特森林裡是不可以害怕的，隆妮雅從小就接受這樣的訓誨。她跟柏克都認為，為還沒有發生的事提心弔膽，是最愚蠢的行為，所以他們鎮定的把存糧、各種武器和工具整理好，放在洞裡，然後到林中的水泉提了水來，在河上安了網以便抓魚。他們從河邊撿來平坦的石塊，在洞前砌一個爐台。他們到處搜尋杜松，準備為隆妮雅做一把弓。他們到處奔走時，看見野馬照常在山谷裡吃草，就嘗試著接近壞蛋和蠻子，柔聲哄牠們，但都沒有結果。壞蛋和蠻子都不懂他們的善意，走到另一個地方吃草，圖個清靜。

這一天的其他時間，隆妮雅都坐在洞外，削她的弓和箭，她切下一段皮繩做弓弦；接著她花很多時間練習射箭，覺得很愉快，但最後卻把兩枝箭都射丟了。她到處尋找箭的下落，直到暮色降臨，不得不放棄。可是她並沒有因此而煩惱。

「明天我再削一些新的。」

柏克問：「沒有把刀子用壞嗎？」

「沒有，我知道那是我們最寶貴的東西。刀和斧頭！」

忽然他們發覺已經是晚上了，肚子也餓了。一天過得好快，他們整天都很忙碌，他們走過許多路，扛來很多東西，還忙著整理這些東西，所以沒有時間覺得飢餓。現在他們正大吃麵包、羊乳酪、羊肉，然後用泉水把它們沖下喉嚨。

每年這個時候，夜晚的大地總不會全黑，可是他們疲倦的身體感覺到一天已經結束，他們需要睡眠。

隆妮雅在黑暗的洞穴中為柏克唱「狼之歌」，這次好多了。不過這首歌還是會令她感傷。她問柏克：「你想，他們會想念我們嗎？我是說，我們的父母！」

「不想才怪呢。」

隆妮雅嚥下一口氣，才又說得出話：「你想，他們會難過嗎？」

柏克想了一會兒：「不一樣的。我想，恩娣會難過，可是她也會更生氣；鮑卡會生氣，可是也會更悲傷。」

隆妮雅說：「拉維絲會難過的——我知道。」

柏克說：「那馬特呢？」

隆妮雅沉默了很久，然後說：「我覺得他會很高興。我走了，他就可以把我忘掉。」

她努力讓自己相信這一點，可是在心底，她知道這不是事實。

那天晚上，她夢見馬特獨自坐在一片暗沉沉的黑森林裡哭，直到他腳邊形成一個小池塘。她自己就坐在那池塘的深處，又回到小時候，玩他給她的松毬和卵石。

12

次日一大早，他們就到河邊去查看網裡有沒有捕到魚。隆妮雅說：「魚一定要在杜鵑啼喚之前撈起來。」

她快活的蹦蹦跳跳，一馬當先的跑下小徑。這條小徑很窄，曲曲折折從陡峭的山壁蜿蜒而下，穿過一片幼嫩的樺樹叢。隆妮雅嗅到樺樹嫩葉的香味，這春天的味道讓她快活，腳步也格外輕快起來。

還沒完全睡醒的柏克走在她後面。

「如果有魚可撈的話，當然不錯。我猜妳一定以為有滿滿一網的魚吧？」

隆妮雅說：「河裡多的是鮭魚，要是沒半條闖進我們網裡，那才奇怪呢。」

「我的姊妹啊，要是妳沒一頭衝進河裡，那才奇怪呢。」

隆妮雅說：「這是我的春之跳。」

柏克笑起來：「春之跳，沒錯，這條路正適合。妳想這路會是誰走出來的？」

隆妮雅說：「可能是馬特，他在大熊洞住過。他喜歡吃鮭魚——一直都喜歡。」

她忽然停住口。她不願意回想馬特喜歡什麼或不喜歡什麼。她還記得昨天晚上做的夢，她要把夢也忘掉。可是她的思緒不斷繞著馬特打轉，就像頑固至極的蒼蠅，就是不肯讓她清靜。直到她看見鮭魚在網裡劈啪跳躍。那是一條很漂亮的大鮭魚，可供他們吃好幾天。柏克把牠從網裡取出，興高采烈的說：「好極了，我們餓不死了，我的姊妹——我敢向妳保證。」

隆妮雅說：「直到冬天。」

可是冬天是很久以後的事——現在有什麼好擔心的？她不要再被任何煩人的念頭騷擾。他們用一根棍子挑著鮭魚回到洞裡，還拖了一棵倒下的樺樹幹，用皮繩拴在他們腰間，費了好大功夫，像兩隻拖木材的馱馬，辛苦的把樹拖上山。他們需要木材，用來做木碗和其他日用品。

柏克想要修整樹幹上的細枝，但斧頭滑了一下，在腳上留下一道傷口，還流了血。他走過的小徑上都留下血跡，可是他不在乎。

「沒什麼好擔心的，血流夠了就會停止。」

隆妮雅說：「別那麼自信，說不定會來一頭殺人熊跟蹤你，一路想著，這麼好吃的血是哪兒來的。」

柏克笑道：「那我就拿著我的矛，站出去給牠欣賞。」

隆妮雅沉思著說：「拉維絲常用乾苔止血。我看我們最好準備一些，誰知道你什麼時候又要把自己的腿割傷。」

於是她從森林裡抱了一大捧青苔回家，放在陽光下晒乾。她到家的時候，柏克遞一片烤熟的鮭魚給她。有好一陣子，他們成天只吃鮭魚和忙著雕木碗。切割木頭不是難事，他們做得不錯，也沒有把自己割傷。不久他們就擁有五塊大小適當的木頭，只等著挖空，做成碗。

可是到了第三天，隆妮雅問：「柏克，你覺得烤鮭魚和手上長水泡，哪一樣比較糟？」

柏克說他無法回答，因為這兩件事一樣糟。

「可是我知道一點，我們需要一把鑿子。只用刀做這種工作簡直是苦刑。」

可是他們沒有別的工具，所以只好輪流亂砍和亂挖，最後總算有了幾個像碗的東西。

柏克說：「我這輩子再也不要做這種東西了。把刀遞給我，我再磨一遍。」

隆妮雅說：「刀？你拿去了嘛。」

柏克搖搖頭：「不對，我看到是在妳手裡。拿來！」

隆妮雅說：「我這兒沒有刀。你難道沒聽見我說嗎？」

「那妳把刀怎麼了？」

隆妮雅開始生氣了，「怎麼不說你把刀怎麼了？刀是你拿去的呀！」

「撒謊！」柏克說。

他們悶不吭聲的找著刀，到處都找過了，洞裡、外面的平台，再回到洞裡，再到外面，可是都不見刀的蹤影。

柏克寒著臉瞪著隆妮雅，「我想我告訴過妳，沒有刀就無法在林中生存。」

隆妮雅說：「那你就該當心才是。反正你就是一個壞心腸的惡魔，自己惹了麻煩卻怪在別人頭上。」

柏克氣白了臉，「我明白了，妳原形畢露了，強盜的女兒！妳還是老樣子，我明白了。我竟然還想跟妳一起生活！」

隆妮雅回道：「你不用擔心，柏克強盜。你去跟你的刀一起生活好了！只要你找得到。」

她含著憤怒的淚水離開他。她要立刻到森林裡去，躲他遠遠的，她再也不要看見他，再也不要跟他說一句話。

柏克注視著她離去。這一招令他更加惱怒，他朝她背影叫道：「希望哈培烏把妳抓走！妳跟他們在一起，就像回到家一樣！」

他看見青苔堆在那兒，弄得一團糟。這都是隆妮雅的蠢點子，他氣得一腳把那堆青苔踢開。

那把刀赫然就在青苔下面。柏克瞪著它看了很久，最後才把它撿起來。他們曾經那麼仔細的翻遍這堆青苔。刀怎麼可能在這兒？它會跑到這兒是誰的錯？

無論如何，弄來這堆青苔就是隆妮雅的錯，他只知道這麼多。反正她又不講理、又蠢、又叫人難以忍受。雖然他也很想把她追回來，告訴她刀已經找到了，可是又想，就算讓她待在森林裡，直到她疲倦了，變得講理了，也還來得及。

他拚命磨刀，直到它又恢復鋒利。然後他坐下，把刀握在手裡，感覺它多麼趁手。這是一把好刀，現在已經找回來了。

現在失蹤的是他的怒氣。磨刀的時候，怒氣就已經消失無蹤。他是應該覺得稱心了——畢竟他的刀已經找到了。可是隆妮雅走掉了，這就是他覺得胸膛裡隱隱有什麼在咬齧他的原因嗎？

你去跟你的刀一起生活好了！她就是這麼說的。這下子他又生氣了。那她要到哪兒過活？這本來跟他無關；她愛去哪兒都隨她的便。可是要是她不快點回來，就最好自己小心一點，她會發現大熊洞不歡迎她！他真希望能讓她知道這事。可是他不想為了告訴她這話而跑遍森林去找她。她應該很快就會回來，向他求饒，哀求讓她進來，然後他要說：「妳早該回來的！現在太遲了！」

他大聲說出這話，聽聽效果如何。然後他震了一下，怎麼能對一個你叫她姊妹的人說這種話！可是這是她自己的選擇，又不是他趕她走的。

等待的時候他吃了一點鮭魚。開頭三、四次吃鮭魚，真是覺得好吃得不得了，可是現在吃了不下十次，魚肉在他嘴裡好像膨脹開來，簡直無法下嚥。

老是吃一樣的，這就是食物。在森林裡流浪的人都吃些什麼？隆妮雅在吃什麼？一定有樹根綠葉子什麼的，只要她找得到。可是這也不關他的事，她可以一直走到筋疲力盡，因為那顯然就是她所希望的下場！因為她還是不回來。

時間一小時一小時過去。這地方少了隆妮雅突然覺得好空洞。沒有了她，他想不出有什麼事可做。胸膛裡那種咬齧的感覺愈來愈強烈。

他看著暮色降臨在河面上，這令他憶起很久以前那次，他為隆妮雅跟地底妖女對抗的往事。事後他一直沒跟她提這件事，她可能不知道自己是個容易被妖法迷惑的人。那次她對他那麼不公平！她還咬傷了他的臉頰，他臉上還有那次留下的疤痕。可是他還是喜歡她——真的，自從第一次見到她，他就喜歡她。當然，她不知道，他也沒告訴她這件事。現在一切都太遲了。從現在開始，他必須一個人在岩洞中生活。跟他的刀一起……她怎麼說得出這麼殘忍的話？只要能把隆妮雅找回來，他寧願把刀扔到河裡去。他現在知道了。

黃昏時分，河上常起霧，這沒什麼好擔心的。但他想，誰敢確定這樣的晚上，霧不會從河上升起，散布到整座森林裡？然後地底妖女就會再度走出黑暗的深處。這次由誰來保護隆妮雅不中她們的詭計呢？當然，現在一切都不關他事了，可是不論什麼後果，都不能再這樣繼續下去。他一定要到林中去，他一定要找到隆妮雅。

他往森林裡狂奔，直到喘不過氣來。他在小徑和所有他以為她會出現的地方到處找她，他呼喊她的名字，直到他開始怕聽自己的聲音，也害怕會引來多事又邪惡的哈培鳥。

「希望哈培鳥把妳抓走。」他羞慚的想起自己曾經這樣在她背後喊道。也許哈培鳥真的這麼做了，因為到處都找不到她。或者也許她回馬特堡去了？也許她正跪在馬特面前，向他求饒，要求讓她回家，再做他的孩子。她絕不會向他求饒，要求回大熊洞的——不，她最想念的還是馬特，現在他明白了，雖然她一直瞞著不讓柏克知道。所以現在她該快樂了吧，現在她有藉口了，這樣她就可以名正言順的離開大熊洞和那個號稱是她兄弟的人了。

再找也沒有用，他要放棄了，他要回到洞裡的家，與寂寞為伴，不管多麼痛苦。

春天的傍晚美得像個奇蹟，可是柏克根本沒注意到。他沒有嗅到黃昏的花香，也沒有聽見鳥兒歌唱；他沒有看見地上的花草；他只覺得懊悔的痛苦。

這時，他聽見馬兒驚恐萬分的嘶鳴，他急忙向聲音的來源跑去。馬鳴一聲比一聲淒厲，他隨即在松林間一片小谷地上看見那匹馬，是一匹牝馬，身側有一道傷口，大量的鮮血不斷湧出。牠很怕柏克——這一點很明顯——但是牠沒有逃跑，只是發出更淒慘的嘶鳴，彷彿在求助，或尋求保護。

柏克說：「可憐的東西，是誰傷了妳？」

就在這時，他看見隆妮雅。她穿過松林，向他們疾奔過來，滿臉都是淚痕。

她喊道：「你看見那頭熊嗎？啊，柏克，牠抓走了牠的小馬，牠殺了牠！」

她哭得好傷心，可是柏克只覺得無法言喻的快樂。隆妮雅還活著，沒有遭熊殺害，也沒有被馬特或哈培鳥搶走，多令人快樂啊！

可是隆妮雅只顧著站在牝馬身旁，查看牠流血的情形。她似乎聽見拉維絲的指示，知道該如何處理。

她喊柏克：「快！採集一些青苔——要不然牠的血要流光了！」

「可是妳自己呢？妳不能留在這兒，附近有殺人熊出沒呀。」

隆妮雅高聲說：「快去！我必須在這兒陪這匹牝馬，牠需要安慰——還有青苔。你快去吧！」

柏克跑開了。他不在的時候，隆妮雅用雙手抱住牝馬的頭，低聲對牠盡可能說一些安慰的話，牝馬站著不動，彷彿在專心聆聽。牠不再嘶喚，也許已經沒有力氣。牠全身不時傳過一陣震顫。熊撕裂的創口非常嚴重，可憐的小母馬，牠盡力想保護自己的小馬，可是現在小馬已經死了。也許牠感覺到生命正一滴滴從體內流逝，已無法挽回。暮色漸濃，馬上天就黑了，除非柏克能及時趕回來，否則這匹牝馬可能再也見不到明天的早晨了。

他終究趕回來了，捧著一大把青苔。隆妮雅從沒有見過比這更令她期待的場面。有一天她要告訴他這事，不過不是現在，現在他們得趕快救馬。

他們協力把青苔壓在牝馬的傷口上，眼看著它很快就吸滿了血，他們趕緊又放上更多青苔，然後用皮繩在牝馬身上交叉縛緊。牠站著不動，任他們擺布，好像懂得他們在做什麼。可是附近一棵松樹後面，突然有個胖妖精伸出頭來，他就看不懂他們在做什麼。

他困惑的問：「他們在做什麼呀？」

可是隆妮雅和柏克都很高興看到他，因為現在他們可以確定熊已經跑掉了。胖妖精、黑矮人、哈培鳥、灰侏儒都無須擔心猛獸。熊和狼都不喜歡跟超自然生物打交道，只要一聞到超自然生物的味道，熊就會一聲不吭的急忙逃進森林深處。

胖妖精說：「看，那匹小馬。沒有了！完了！不能跑了！」

隆妮雅難過的說：「我們知道了。」

他們一整夜都陪著那匹牝馬。夜裡森林裡很冷，可是他們都能忍受。他們並肩坐在一株枝葉茂密的松樹下，談了很多事情，可是絕口不提他們之間的爭吵，好像他們已經忘了那件事。隆妮雅想要告訴柏克，她如何看見大熊咬死小馬，可是她說不下去，太難受了。

柏克說：「任何森林裡都有這種事。」

夜半時分，他們為牝馬更換傷口上的青苔。然後他們睡了一會兒，醒來時正好天逐漸亮了。

隆妮雅說：「看啊，血止住了。苔是乾的！」

他們把牝馬牽回大熊洞的家，以免牠落單。這段路對牠而言非常艱難而痛苦，可是牠心甘情願跟他們走。

柏克說：「即使牠傷好了，也不可能跟我們在岩石上爬來爬去，我們該把牠養在哪兒？」

洞下方的松樹和樺樹間有一股清泉，是他們取水的地方，他們把馬牽到那兒。

隆妮雅說：「喝吧，這樣妳的身體就會製造出新的血液。」

牝馬大口大口的喝了很久，然後柏克把牠繫在樹上。

「牠可以在這兒待到傷口痊癒。熊不會到這兒來，我敢擔保。」

隆妮雅輕撫牝馬，對牠說：「別太傷心，明年妳又會生一匹新的小馬。」然後她看見乳汁從牝馬的奶頭滴下來。

她說：「這本來是要給小馬吃的，可是妳可以送給我們。」

她從洞裡拿來木碗。這是她大顯身手的好機會，她為牝馬擠奶，直到裝滿一碗。漲鼓鼓的乳房騰空後，牝馬覺得好過多了。柏克也很高興有馬奶可喝。

他說：「我們養了一頭家畜！我們該給牠取個名字。妳想該叫牠什麼？」

隆妮雅立刻想到了：「我想該叫牠莉雅。馬特小時候養過一匹牝馬，就叫這個名字。」

他們一致同意這名字很適合牝馬。這匹牝馬不會死了，他們看得出，莉雅會活下去。他們割了一些草給牠吃，牠飢餓得大嚼。然後他們自己也覺得餓了，必須回洞裡找些東西充飢。但莉雅見他們要走，焦急的轉過頭望著他們。

隆妮雅說：「別怕，我們很快就會回來。還要謝謝妳送奶給我們喝！」

再度有奶喝真好，新鮮美味，放在泉水裡冰得沁涼。他們坐在洞外的平台上，吃著麵包，喝著馬奶，看著日出揭開嶄新的一天。

隆妮雅說：「刀丟了真可惜。」

柏克趁這個機會把刀拿出來，放在她手中：「把它找回來真好。我們吵架的時候，它就躺在那堆青苔下面等著我們呢。」

隆妮雅有很長一段時間默不作聲的坐著，最後她說：「你知道我在想什麼嗎？我在想，要毀掉一切多麼容易，多麼沒有必要。」

柏克說：「從現在開始，我們要當心一切沒有必要的事。可是妳知道我一直在想什麼嗎？我在想，妳比一千把刀更有價值！」

隆妮雅望著他笑道：「你真是瘋得可以！」這是拉維絲有時會跟馬特說的話。

13

日子一天天過去，由春入夏，天氣愈來愈暖，雨季也來了。林中下了好幾晝夜的傾盆大雨，草木喝足了水，顯得前所未有的新鮮碧綠。下完雨，陽光又開始照耀，森林在夏季的熱力下散發著蒸汽，隆妮雅忍不住問柏克，世界上還有沒有哪座森林會發出這麼多甜蜜芬芳的氣味。他說他相信再也沒有了。

莉雅的傷口早就痊癒了。他們放牠離開，現在牠又跟野馬生活在一起，可是牠還讓他們為牠擠奶。每天黃昏，馬群常在大熊洞附近徘徊，所以每天黃昏隆妮雅和柏克會到林中去叫牠。牠會長鳴一聲應答，讓他們知道牠在哪兒，因為牠要人來擠奶。

不久，馬群中的其他馬匹也不再懼怕這兩個人類的孩子。有時牠們會圍攏來，好奇的觀看他們擠奶，因為牠們從未見過這種事。壞蛋和蠻子也常來，有時太過接近，莉雅就會兩耳後縮，猛然伸頭去咬牠們一下。可是牠們一點也不在乎，牠們常調皮的互相頂來撞去，用力翻騰跳躍；牠們還很年輕，貪玩，所以不久就又一跳一跳的消失在樹後。

可是第二天黃昏，牠們又來了。隆妮雅和柏克現在可以跟牠們說說話，有時還可以拍拍牠們，牠們也一副很喜歡的樣子。可是牠們眼中總帶著一種溫和而頑皮的表情，彷彿在說，你們騙不了我們。

一天黃昏，隆妮雅說：「我說過我要騎馬，就在今天！」

這天輪到柏克擠奶，壞蛋和蠻子在附近旁觀。

「你聽見我說什麼嗎？」

她是在跟壞蛋說話，忽然之間她就抓住牠的鬃毛，一下跳到牠背上。牠把她顛下來，但沒上回那麼容易。現在她已有了準備，知道會發生什麼事。牠費了好大力氣才擺脫她。她氣憤的尖叫一聲，摔進小溪裡。但她很快爬起來，揉揉酸痛的手肘，沒受什麼傷。

她說：「你真是個壞蛋，一直是個壞蛋。可是我會回來的！走著瞧吧！」

她說到做到。每天黃昏擠完奶後，柏克跟隆妮雅都嘗試著教壞蛋和蠻子一點規矩。可是這兩個壞畜生怎麼教都沒有用，隆妮雅真是摔夠了，她說：「現在我全身沒有一個地方不痛。」她打了壞蛋一下：「都怪你，你這下流的惡魔！」

可是壞蛋若無其事的站在那兒，一副得意的樣子。

她看見柏克還在跟蠻子奮鬥。蠻子跟壞蛋一樣難纏，可是柏克比較強壯，可以停留在馬背上——真的，他一直沒摔下來。最後蠻子因疲倦而放棄掙扎了。

柏克喊道：「看啊，隆妮雅，牠站著不動呢！」

蠻子不安的嘶鳴，柏克拍著牠，不停的稱讚牠，直到隆妮雅忍不住說：「牠心底還是一個下流的惡魔——你知道的！」

柏克成功的馴服了蠻子，她卻制伏不了壞蛋，讓她很氣憤。更讓她生氣的是，那天傍晚，柏克丟下她跪在那兒擠奶，自己卻騎在蠻子背上，緊緊繞著她兜圈子，藉此炫耀他是多好的一個騎士。

最後隆妮雅說：「管他什麼淤青，等我擠完奶，就讓你看看真正騎馬是怎麼回事！」

她真的做了。壞蛋還不知道發生了什麼事，隆妮雅就突如其來跳到牠背上。牠不喜歡這樣，立刻全力奔馳，想把她摔下馬背。當牠發現這麼做無效時，覺得又害怕、又生氣。這回隆妮雅打定主意，絕不讓牠得逞。她牢牢抓住牠的鬃毛，夾緊膝蓋，坐得穩穩的。可是壞蛋忽然使出全力奔馳，一直飛奔到林子裡，杉樹和松樹的枝葉從她耳旁颼颼掠過。隆妮雅恐懼的尖叫：「救命！救命！」

可是壞蛋發瘋了。牠好像快要爆炸似的，拚命往前跑，隆妮雅真不知道自己什麼時候會摔下來，摔斷脖子。

柏克騎著蠻子隨後追來。那真是一匹善跑的好馬，不久蠻子就追上壞蛋，並且超過牠，然後柏克把牠勒住。跟在後面全速奔跑的壞蛋也只好停步，隆妮雅差點從牠頭上翻滾下來。好在她抓得很牢，又坐回原位。壞蛋上氣不接下氣的站在那兒，口中的噴沫往下滴，身體在發抖。隆妮雅拍拍牠，稱讚牠的腳力，把牠捧上了天，總算讓牠鎮靜下來。

她說：「你真該吊死！我沒送命是個奇蹟！」

柏克說：「我們能騎馬就是個奇蹟。妳看，現在至少這兩個壞畜生都知道該怎麼做、該聽誰的話了！」

他們平穩的騎回莉雅那兒，拿了馬奶，就放壞蛋和蠻子回去繼續玩耍，自己走路回岩洞裡的家。

隆妮雅說：「柏克，你有沒有注意到，莉雅的奶愈來愈少了？」

柏克說：「是啊，她已經準備懷另一匹小馬了。不久奶水就會完全乾涸。」

隆妮雅說：「那我們又只有泉水可喝了。我們也快要沒有麵包吃了。」

隆妮雅從家裡帶來的麵粉已經用完了。他們利用火爐裡的熱石塊，烤出硬麵包。洞裡還有最後一點麵包，可是很快也都會吃完。他們不怕挨餓，森林裡有很多小湖，湖裡滿是魚；樹上還有很多鳥。如果餓了，用網子就能捕到松雞。隆妮雅照拉維絲教她的方法，採集藥草和可以食用的綠葉植物。現在野草莓熟了，豔紅的一大片蔓生在倒落的樹幹之間。不久又是小藍莓的成熟季。

隆妮雅說：「對，我們不會挨餓。可是我不喜歡過沒有麵包吃、也沒有奶喝的日子。」

那一天來得比預期的還快。黃昏他們去叫莉雅的時候，牠還是忠心的走過來，可是隆妮雅看得出，牠已經不喜歡讓人擠奶。最後隆妮雅只擠得出幾滴奶，莉雅也明顯表示出已經受夠了的模樣。

隆妮雅於是用雙手抱住莉雅的頭，注視著牠的眼睛。

「我要為過去這段日子感謝妳，莉雅。明年夏天，妳會生新的小馬——妳知道嗎？然後妳又會開始產奶。可是那是給妳的小馬喝的，不能給我們。」隆妮雅撫摸莉雅，說服自己相信牠聽得懂每一個字。然後她告訴柏克：「你也該來謝謝牠。」

柏克也向牠道了謝。他們陪伴莉雅很久，當他們離去時，莉雅又在夏日的餘暉中，尾隨他們走了一程，似乎牠也知道，這就是告別。這段時光跟牠以前的經驗截然不同。這兩個小人兒做了很多奇怪的事，現在他們要離開牠了。牠佇立了一會兒，看著他們離去，直到兩人的身影消失在針樅木後面，牠才又回到馬群裡。

他們黃昏去騎馬的時候，偶爾還會看見牠，要是他們喊牠，牠會嘶鳴答應，可是牠再也不離開馬群到他們身邊來了。牠生來是一匹野馬，永遠不會成為真正的家畜。

不過壞蛋和蠻子反倒是一看見隆妮雅和柏克，就會熱切的跑過來。現在牠們最喜歡的遊戲，就是背上載一名騎士，互相比賽腳力。隆妮雅和柏克騎著牠們，在林中奔馳，也得到無窮的樂趣。

可是有天黃昏，他們被一隻野哈培鳥追逐。馬兒都嚇得驚慌失措，根本沒辦法駕馭。隆妮雅和柏克只能跳下來，讓馬自己去跑。馬背上沒有人，就沒什麼好怕，因為哈培鳥最仇視人類，牠們也只找人類的麻煩，對林中一般動物根本沒有興趣。

現在輪到隆妮雅和柏克面臨危險。他們驚恐的朝相反方向逃跑。哈培鳥無法同時追逐兩個人，可是他們知道牠一定會笨得嘗試這麼做。牠追柏克的時候，隆妮雅就設法躲起來，柏克被追得很慘；可是當哈培鳥憤怒的四下搜索隆妮雅的蹤影，暫時把柏克拋在腦後之際，他也趕快爬到兩塊大岩石下面，在那兒坐了好久，直到再被哈培鳥發現。

好在對哈培鳥而言，看不見的東西就不存在。既然周遭沒有一個可供牠挖眼睛的人類，牠就帶著一肚子氣飛回山裡去，把這事告訴牠所有凶猛的姊妹。

柏克看著牠飛走，確定牠不會再回來以後，就喊隆妮雅出來。隆妮雅爬出她藏身的針樅木叢，兩人高興得跳舞，慶祝死裡逃生。多麼幸運啊，他們都沒有被野哈培鳥抓死，或被抓到深山的洞穴，終身做牠們的俘虜！

隆妮雅說：「在馬特森林裡千萬不要害怕。可是野哈培鳥在你耳邊拍翅膀的時候，想不害怕可真不容易。」

壞蛋和蠻子都不見蹤影，所以他們只好跋涉很長一段路，回大熊洞的家。

柏克說：「只要沒有野哈培鳥出現，我走一整晚也無所謂。」

他們手牽著手，快樂的步行穿過森林。經過這場患難，兩個人都很亢奮。暮色已經降臨，好一個美麗的夏日傍晚！他們談到未來，即使有野哈培鳥的陰影，仍是美好的。過去這段日子，在森林中自由自在的生活，多麼愉快啊！不論在白天或黑夜；不論在陽光下、月光下或是星光下；不論是剛過去的春天、剛開始的夏天、即將來到的秋天……。

「可是冬天……」隆妮雅說到這兒，忽然停住了。

他們看見胖妖精、黑矮人、灰侏儒，忽而在這裡、忽而在那裡，正好奇的從樹幹或大石後面伸出頭窺視他們，並竊竊私語著。

隆妮雅說：「這些都是超自然的生物。他們即使在冬季，也一樣活得很愉快。」

然後她又不說話了。

柏克說：「我的好姊妹，現在是夏季啊。」隆妮雅當然也知道。她說：「我有生之年都不會忘記這個夏季。」

柏克回頭望著黃昏的森林，心頭湧起一種奇異的感覺，他不知道為什麼，他還不懂，這種幾乎可以說是痛苦的感覺，其實就是夏日傍晚的美和寧靜，如此而已。

「這個夏天，」他看著隆妮雅說：「是的，我有生之年也都不會忘記這個夏天。」

他們回到了大熊洞，只見小鬼坐在平台上等他們。

14

小鬼坐在那兒，塌鼻子、蓬亂的頭髮和鬍子，還是隆妮雅認識的老樣子，但她現在覺得這輩子沒看過比這更順眼的人。她歡呼一聲，撲上前去。

「小鬼……啊，真的是你嗎……你……你來了！」

她高興得連講話都有點結巴。

小鬼說：「這兒風景不錯，看得見河流和森林，對吧？」

隆妮雅笑道：「是啊，看得見河流和森林！你就為這跑來嗎？」

小鬼說：「不，不，拉維絲差我送些麵包過來。」他打開隨身的皮袋，取出五個又大又圓的麵包。

隆妮雅驚呼一聲：「柏克，你看見了嗎？麵包！我們有麵包了！」

她抓起一個麵包，高高舉起，吸聞它的芳香，淚水不由得迸出來。

「拉維絲的麵包！我都忘記世界上還有這樣好的東西了。」

她大塊大塊的撕下麵包，往嘴裡塞，也要分柏克一些。可是他臉色凝重的站在一旁，一言不發，也不接麵包，就直接走進洞裡去了。

小鬼說：「是啊，拉維絲估計現在妳大概沒麵包吃了。」

隆妮雅不斷咀嚼、品嘗嘴裡像上天賜予的美味，忍不住懷念起拉維絲。可是她得先跟小鬼問個清楚：「拉維絲怎麼會知道我在大熊洞？」

小鬼不屑的說：「妳以為妳媽媽是傻瓜啊？妳還會在哪裡？」他若有所思的看著她。她坐在那兒，他們的隆妮雅，他們可愛的小隆妮雅，拚命把麵包塞進嘴裡，彷彿她對人生就只要求這麼多。現在他才要開始執行此行的真正任務。拉維絲告訴他要察言觀色，可是他完全不知所措，因為他生來不是個懂得察言觀色的人。

他小心翼翼的說：「隆妮雅，妳不打算回家看看嗎？」

洞裡傳來劈啪聲，有人在聽他們交談，而且要隆妮雅知道。

可是現在隆妮雅心裡只想著小鬼的話。她有好多話要問他，好多她急於知道的事。他就坐在她身邊，可是當她想要問他這些問題時，卻無法正視他，她只能掉頭眺望河流和樹林。

終於她開口問了，聲音低得小鬼幾乎聽不見：「馬特堡現在的情形怎樣？」

小鬼跟她說真話：「現在馬特堡日子好難過呀。回家吧，隆妮雅！」

隆妮雅又望一眼河流和樹林。「這是拉維絲叫你來說的嗎？」

小鬼點點頭：「是的！沒有妳，日子太難過了，隆妮雅。每個人都盼望妳回家來。」

隆妮雅仍眺望著河流和樹木，低聲問：「馬特呢？他也盼望我回家嗎？」

小鬼咒罵道：「那個惡魔！鬼才知道他在想什麼，又在等什麼！」

經過一段短暫的沉默後，隆妮雅又問：「他提過我？」

小鬼支支吾吾了半天，他知道這是關鍵時刻，最好保持沉默。隆妮雅說：「你說實話，他有沒有提過我的名字？」

小鬼很不情願的說：「沒有。其他人也都不准提，不能讓他聽見。」該死！這下他可把拉維絲最不希望他說的話給說了出來！真是的，這算哪門子的察言觀色！

他乞求的望著隆妮雅：「可是只要妳回家，一切都會好轉的！」

隆妮雅搖搖頭：「我永遠不會回家！因為馬特不認我是他的女兒！你可以這麼跟他說！你可以在馬特堡大聲宣布！」

小鬼說：「謝了，連大頭皮特都不敢公然說這種話。」

提到大頭皮特——小鬼說，他最近身體很差，日子那麼黯淡，他怎麼會好呢？馬特不分早晚總是在罵人、抱怨，他覺得什麼事都不對勁了。出外行劫也不順利，森林裡到處都是官兵，他們逮著了派雷，把他關在官府的地牢裡，只給他清水和麵包吃。兩名鮑卡的手下也被關在那兒。據說官方發誓要在一年零一天的期限之內，活捉所有盤據馬特堡的強盜，讓他們受到應得的懲罰。那是什麼意思，小鬼也弄不清楚。處死，可能？

隆妮雅問：「他近來還常笑嗎？」

小鬼驚訝的問：「誰？官員？」

隆妮雅說：「我是說馬特。」

小鬼指天發誓，自從隆妮雅當著他的面，跳過地獄溝的那天早晨起，就再也沒有人聽見馬特笑過。

小鬼得趁天色全暗前離開。時間還沒到，他已經開始為如何向拉維絲稟報而煩惱。所以他再試一次：「隆妮雅，回來吧！求求妳！回家，好不好？」

隆妮雅搖搖頭說：「替我向拉維絲道一千個謝，謝謝她的麵包！」

小鬼很快把手伸進皮袋：「天哪，我還帶了一包鹽給妳！要是把它帶回家，我就麻煩大了。」

隆妮雅接過那包鹽，說：「我媽媽真是周到！人活著需要的一切，她全考慮到了。可是她又怎麼會知道我們只剩幾粒鹽巴了？」

小鬼說：「也許做媽媽的對這種事特別敏感吧。孩子缺什麼，她會立刻有感應。」

隆妮雅說：「那就只有拉維絲這種媽媽才會如此。」

小鬼離去時，她站著凝視他的背影良久，望著他輕巧的踏著突出的岩塊前進，直到他的身影完全消失不見，她才進到洞裡。

柏克說：「原來妳沒跟他回去看妳父親啊？」他已經躺在杉樹枝搭的床上。黑暗中隆妮雅看不清他的臉，可是聽得見他的話，字字句句都令她不悅。

她說：「我沒有父親。要是你不小心一點，我就連兄弟也沒有了。」

柏克說：「如果妳覺得我不講理，原諒我，姊妹。可是有時候我知道妳在想什麼。」

隆妮雅在黑暗中答道：「沒錯，我在想，我活過了十一個冬天，可是第十二個就是我的死期。可是我很想繼續留在這個世界上。要是你懂我的意思！」

柏克說：「先別想冬天。現在是夏天呢！」

現在的確是夏天。一天比一天更像夏天，比他們記憶中的任何一個夏天更晴朗、更炎熱。每天中午時分，他們都跳到清涼的河水裡洗澡。他們像一對水獺似的隨水漂流，直到聽見貪心瀑布隆隆的水聲，直到危險迫在眼前為止。貪心瀑布的河水從陡峭的懸崖上一瀉而下，掉進去的人都別想活著離開。

隆妮雅和柏克都知道警戒線在哪裡。

隆妮雅說：「看到貪心巖，危險就要臨頭了。」

貪心巖是河中央的一塊大岩石，位於瀑布上方不遠處。它是隆妮雅和柏克的警告標誌。看到它，他們就知道該上岸了，這時要游向河岸已經非常吃力。到了岸上，他們躺著喘氣，凍得全身發紫，然後他們一邊百看不厭的欣賞著水獺在河岸上游泳、潛水、嬉戲，一邊讓太陽把他們的身體從裡到外曬個透。

將近黃昏時，氣溫降了下來，他們就到森林裡去騎馬。壞蛋和蠻子曾經躲了他們一陣子。哈培鳥把牠們嚇壞了，使得牠們連帶也害怕當時坐在牠們背上的人類。牠們有好一段時間非常害羞，不過現在牠們似乎已經忘了那段不愉快的往事，又高高興興的跑來要賽跑。隆妮雅和柏克開始時先放馬奔馳，讓牠們耗掉一部分精力，然後才以優閒的步伐，在林中漫遊。

隆妮雅說：「在夏天溫和的黃昏騎馬，真是愉快。」

她想，為什麼不能一直是夏天？為什麼我不能一直都愉快？

她愛她的森林和林中的一切，所有的樹木，所有掠過他們身邊的湖泊、泉水、溪流，所有長滿青苔的大岩石，所有的野草莓和藍莓叢，所有的花朵、走獸、小鳥——可是為什麼有時候還會覺得悲傷，為什麼冬天非來不可？

柏克問：「我的姊妹，妳在想什麼？」

隆妮雅說：「我在想……有黑矮人住在那塊大岩石下面，春天我見過他們在那兒跳舞。我跟你說，我喜歡黑矮人和胖妖精，可是不喜歡灰侏儒和野哈培鳥！」

柏克說：「對呀，誰會喜歡牠們呢？」

她說：「可是我太討厭哈培鳥了。我們能平平安安在這兒住這麼久真是不容易。牠們不可能不知道我們就住在大熊洞。」

「那是因為牠們的洞是在森林的那一邊，不在河邊。但也可能灰侏儒這回沒有到處張揚——要不然哈培鳥早就該來抓我們了。」

隆妮雅打了個寒噤，「最好別再談牠們了，說不定會把牠們引來。」

最近天黑得比較早，夜晚的天空也不再明亮。黃昏時分，他們坐在火堆旁，看著黯淡的星星在天際一明一滅。夜漸深，星星也愈來愈多、愈來愈亮，高高的掛在森林上空燃燒。這還是夏天的夜空，可是隆妮雅知道星星在說什麼話：秋天就要來了！

第二天早晨，又是個大熱天，他們照常去洗澡。哈培鳥就在這時出現，不是一隻、兩隻，而是很多隻，窮兇極惡的一大群，忽然之間，滿天都是哈培鳥，遮蔽了整個河面。牠們不斷尖聲叫嚷。

「嚇，嚇！漂亮的小人兒在河裡！現在要流血了，嚇，嚇！」

柏克叫道：「隆妮雅，快潛水！」他們潛入水中，在水裡游泳，直到非出水面換氣不可。他們發現天上的哈培鳥愈聚愈多，整片天都黑了，他們知道這一回完了，恐怕逃不掉了。

隆妮雅聽見牠們不間斷的尖叫聲，悲痛的想，這群哈培鳥可讓我再也不必擔心冬季的來臨了。

「漂亮的小人兒在河裡，我們要抓，血一直流，嚇，嚇！」

野哈培鳥在攻擊之前喜歡恐嚇和折磨獵物，牠們有足夠的時間把獵物撕裂至死，可是在上空盤旋，一邊等候大哈培鳥下令進攻，一邊叫囂脅迫，也一樣有趣。大哈培鳥最野也最兇猛，牠在河上繞著大圈——嚇，嚇，牠一點也不急。可是你等著看好了，牠很快就會率先選擇一個在河裡撥水的生物，把爪子插入他體內。牠要抓那個黑頭髮的嗎？紅頭髮的那個現在不見蹤影，不過他一定很快就會再冒出頭來。嚇，嚇，好多鋒利的爪子正等著他呢，嚇，嚇。

隆妮雅潛入水中，又伸出頭來，喘一大口氣。她的眼睛四下搜尋——柏克呢？她沒看見他，再也沒看見他，她絕望的呻吟一聲。他在哪兒？難道他淹死了？難道他丟下她一個人面對哈培鳥？

「柏克？」她害怕的尖叫：「柏克，你在哪兒？」

大哈培鳥就趁這時咻的一聲衝下來，怪叫著向她撲來，隆妮雅閉上雙眼……柏克，我的兄弟，這種時候你怎麼可以丟下我一人？

哈培鳥叫道：「嚇，嚇，要流血了！」

可是牠還想多等一會兒，再等一下下，然後……嚇，嚇！牠再度在河面上空盤旋，隆妮雅忽然聽見柏克的聲音。

「隆妮雅，快過來！」

一株上半截還有綠葉的倒落樺樹幹漂流而下，柏克趴在樹幹上，只有頭露出水面，幾乎看不見，不過確實是他。他沒有丟下她！啊，這樣她就安心了！

可是要是她不趕快，他很快就會被水流帶走。她潛入水中，為活命而拚命向前游……不久就碰到他了。他伸手把她拉過去，他們依附在同一根樹幹上，盡可能用樺樹枝葉當作掩護，把自己藏好。

隆妮雅喘著氣說：「啊，柏克，我還以為你淹死了！」

柏克說：「還沒有，不過也快了！妳聽見貪心瀑布的聲音了嗎？」

隆妮雅果然聽見洶湧大水狂瀉的吼聲，那正是貪心瀑布的聲音。他們已經被帶到激流的深淵之前，太接近瀑布了，隆妮雅知道，她看得見。他們的速度愈來愈快，水聲隆隆，她已能感覺到瀑布強大無比的拖曳。很快的，很快的他們就要被捲入生命最後的旅程，一生只有一次的旅程。

為此，她只想更靠近柏克。她依偎在柏克身邊，知道他跟她懷著相同的想法：貪心瀑布總比哈培鳥好。

柏克攬住她的肩膀。不論發生什麼事，他們都一起面對，兄弟和姊妹，現在什麼都不能拆散他們了。

哈培鳥憤怒的到處搜索，兩個小人兒哪裡去了？現在要開始撕抓了，為什麼小人兒卻都不見了？

只有一根前端枝葉濃密的樹幹，隨洶湧的河水翻滾而下。哈培鳥看不見蓊鬱的枝葉中藏了些什麼，所以牠們只能發出憤怒的吼叫，不斷繞著圈子搜索，繞圈子搜索。

可是隆妮雅和柏克已經到了很遠的地方，再也聽不見牠們的吼聲。他們只聽見雷霆似的水聲愈來愈響亮，他們知道已非常接近瀑布。

柏克說：「我的姊妹。」

隆妮雅聽不見他的話，只能從他的嘴形分辨他說的是什麼。雖然他們都聽不見對方的聲音，還是在說著話，把藏在心底的話，都趁這時一股腦兒說了出來。能愛一個人愛得如此深，甚至在面臨最大困境時也毋須害怕，多麼好啊！他們把話都說了，雖然誰也聽不到一個字。

最後他們同時停止說話，只是緊緊的擁抱在一起，閉上眼睛。

忽然，傳來猛烈的一顛，使他們都恢復了神智。樹幹撞上了貪心巖，衝力使樹幹急轉彎，改變了方向，在再度落入激流前，它已朝岸邊漂了一段距離。

柏克說：「隆妮雅，我們得試試看。」

他把她從緊緊抱著的樹幹上拉開。兩人同時潛入泡沫飛濺的水中。現在他們必須各自為求生奮鬥，對抗要把他們拖入貪心瀑布的無情激流。他們看得見岸邊平靜的水面，似乎很近，卻又那麼遙遠。

隆妮雅想，貪心瀑布最後還是會勝利的。她再也沒有力氣了，她好想現在就放棄，讓自己沉到水底，隨大水漂流，從此消失在貪心瀑布裡。

可是柏克在她前方。他回頭看她，他不斷回頭。她下決心再試一下，試了一遍又一遍，直到再也沒有力氣為止。

還好這時她已到達水流平緩的區域，柏克拉著她游到岸邊，然後他的力氣也完全用盡了。

他們用最後一絲力氣爬上岸。兩人被陽光的熱力一烤，就立刻睡著，甚至沒有察覺到已經得救了。

直到太陽下山，兩人才回到大熊洞。只見拉維絲坐在洞前的平台上，等著他們。

15

拉維絲說：「孩子，妳頭髮都溼了。妳去游泳了嗎？」隆妮雅站著，動也不動的望著母親。她坐在那兒，倚著石壁，像山崖一樣牢靠而安全。隆妮雅充滿愛意的望著母親，可是她寧願拉維絲在別的時候來。什麼時候都可以，就是不要現在！現在她只想跟柏克獨處。經過這一場凶險，她的心情還很緊張，一顆心撲通撲通跳得好厲害。啊，她只想要有個機會，讓她跟柏克悠閒的聊聊天，把情緒鎮定下來，慶幸他們的死裡逃生。只要柏克一個人！

可是拉維絲就坐在那兒，她親愛的拉維絲，好久不見的拉維絲。她絕不能讓自己的母親覺得不受歡迎。

隆妮雅微笑說：「是啊，我們游泳去了，柏克跟我。」

柏克！她看見他已經往洞裡面走，這不是她希望的狀況，不能讓事情變成這樣。她衝過去，悄聲對他說：「你不過來跟我媽媽打聲招呼嗎？」

柏克冰冷的看著她說：「我不跟不請自來的客人打招呼。我還在我媽媽懷裡的時候，她就教我這件事！」

隆妮雅氣得說不出話。這種痛苦是那麼劇烈而絕望，一邊是柏克站在那兒，用冰冷的眼神看著她，這不就是一直都跟她那麼親，她甚至願意跟著他一塊兒墜落貪心瀑布的那個柏克嗎？現在他拒絕她，變成了一個陌生人。啊，此刻她多麼恨他啊！她從來不曾生過這麼大的氣！說真的，仔細想想，她恨的還不只是柏克，她恨一切，所有的一切，每個人、每件事都在拉她、扯她，幾乎把她撕成兩半。柏克和拉維絲和馬特和大熊洞和森林和夏季和冬季和那個從小教柏克一堆蠢事的恩娣，還有那些可怕的哈培鳥……不，且慢，她已經考慮過這些問題了！可是還有其他令她憎恨的事，恨到她想尖叫。即使她現在一時想不起來那些事是什麼，她還是要叫，她就是要叫，直到回音響徹每一座山。

沒有，她沒有叫出來。她只在柏克消失在洞裡時，咬牙切齒的說：「只可惜你媽媽沒有順便教你一點禮貌。」

她走回拉維絲身旁，解釋著說柏克累了，然後她就不說話了。

她疲倦的坐在母親身邊，臉埋在拉維絲膝上，就哭了起來。群山無語，只聽見她細微的哭聲。

拉維絲說：「妳知道我為什麼要來？」

隆妮雅含混而抽咽著說：「不是要送麵包給我吧？」

拉維絲撫摸著她的頭髮說：「不是，妳回家以後，麵包有得妳吃的。」

隆妮雅又流下淚來：「我再也不要回家了。」

拉維絲鎮靜的說：「那馬特就只好去跳河了。」

隆妮雅抬起頭，「他會為了我跳河？他連我的名字都不准人家提！」

拉維絲說：「那是在他清醒的時候。可是他每天夜裡都會哭，還叫妳的名字。」

隆妮雅說：「妳怎麼知道？他又回妳床上睡了嗎？他不跟大頭皮特睡了

嗎？」

拉維絲說：「他不睡大頭皮特那兒了。大頭皮特受不了他，其實我也受不了。可是他的情況這麼糟，總要有人讓他依靠才行！」

她沉默了很久，然後又說：「妳知道嗎，隆妮雅，看到他受這種非人的折磨，真叫人不忍心。」

隆妮雅覺得要爆炸開來，她要尖叫，讓所有的山谷發出回音，可是她咬緊牙關，冷靜的說：「聽著，拉維絲，如果妳是人家的孩子，而妳的父親完全否定妳的存在，甚至不准人家提妳的名字，妳要回他身邊嗎？他甚至不親自來找妳？」

拉維絲想了一想，說：「如果是我，我不會回去。他應該親自來——他會來的！」

「馬特這個人不會的。」隆妮雅說。

她再度把臉埋在拉維絲膝上，讓她那件黃色的粗布長袍沾滿了無言的淚水。

夜幕降臨，四下都黑了；再怎麼糟糕的一天也都有結束的時候。

拉維絲說：「妳上床去吧，隆妮雅。我會在這兒打個盹兒，天一亮我就回家。」

隆妮雅說：「我要睡在妳身邊。妳要唱『狼之歌』給我聽。」

她記得自己曾經試著為柏克唱「狼之歌」，可是不久她就厭倦了，她這輩子也不打算再為他唱別的歌。

可是拉維絲一開始唱，彷彿世界又恢復應有的樣子。隆妮雅又體會到兒時那種無比的寧靜，她把頭靠在拉維絲膝上，在星光下沉沉睡去，直到天色大亮時才醒來。

拉維絲已經走了，可是她沒有把灰色的披肩帶走；她把披肩裹在隆妮雅身上。隆妮雅醒來時還感覺到它的溫暖，她嗅著披肩上的味道，心想，沒錯，就是拉維絲；她的披肩聞起來就像我曾擁有的那隻小白兔。

柏克坐在火堆旁，拱著背，兩手抱著頭，一頭紅髮垂在前面，遮住了他的臉。他顯得那麼孤單無助，讓隆妮雅心痛。她忘了一切，任憑披肩拖在地上，就向他走去。可是半路上她又遲疑了一下；也許他寧願不要受打擾。

最後她只好開口問：「你怎麼了，柏克？」

他抬頭看看她，微笑說：「我在這兒傷心呢，我的姊妹。」

隆妮雅問：「為什麼？」

「我傷心，因為只有在貪心瀑布呼喚妳的時候，妳才完全是我的姊妹，其他的時候就不是這樣了。妳父親派不同的信差來找妳的時候，妳就不是我的姊妹。而我表現得像個懦夫。如果妳一定要知道的話，我也為自己的行為感到悲傷難過。」

隆妮雅想，誰不悲傷呢？我所做的一切沒有一個人滿意，難道我不該傷心嗎？

柏克又說：「可是這種事不是妳的錯。世界就是這樣，我們無法改變——我知道。」

隆妮雅怯怯的看著他，說：「不管怎麼樣，你還願意當我的兄弟嗎？」

柏克說：「是的，我很清楚，我永遠會全心全意的做妳的兄弟，妳知道的！可是現在妳也應該了解，我希望我們能安靜的過完這個夏天，不要馬特堡的信差來打擾。還有，妳知道我為什麼不怕提起冬天？」

的確，這是隆妮雅最想知道的事。她一直想不通柏克為什麼一點也不擔心冬天，他總是滿不在乎的說：「現在是夏天呀，我的姊妹。」一副冬天永遠不會來臨的樣子。

柏克說：「我們只有這個夏天，妳和我。照目前的狀況，只要有妳跟我在一起，我不在乎過什麼樣的生活。冬天來臨的時候，妳就不會跟我一起了，那時妳一定要回馬特堡去。」

隆妮雅說：「那麼你呢？你會在哪兒？」

柏克說：「就在這兒。我當然也可以回鮑家寨，求他們收留——我不會被趕出去的，我有把握。可是那有什麼用？我就失去妳了。他們甚至不會准我跟妳見面，所以我要留在大熊洞。」

「然後凍死！」隆妮雅說。

柏克笑道：「也許會，也許不會！我想妳也許會經常滑雪下來看我，帶點麵包和鹽，還有我的狼皮，要是妳能從鮑家寨拿到的話。」

隆妮雅搖搖頭，「要是今年的冬天跟去年一樣，我就不可能滑雪。我甚至出不了野狼隘。要是今年的冬天跟去年一樣，你待在大熊洞就死定了，柏克．鮑卡！」

柏克說：「事情該怎麼樣就怎麼樣。可是現在是夏天呀，我的姊妹！」

隆妮雅嚴肅的看著他：「不管夏天或冬天——誰說我一定得回馬特堡？」

柏克說：「我說的。必要時，我會親自把妳押過去。我只打算一個人凍死，如果非如此收場不可。可是我說過，現在是夏天！」

夏天不會一直持續下去，他知道，隆妮雅也知道。可是從現在開始，他們就只為當下而活，把寒冬的痛苦聯想拋得愈遠愈好。他們要盡可能利用從黎明到黃昏到深夜的每一個時刻，把握所有的甜蜜。日子一天天過去；他們生活在迷人的夏日裡，不容人打擾。他們剩餘的時間不多了。

柏克說：「不能讓任何人破壞。」

隆妮雅完全同意，她說：「我要像蜜蜂吸取花蜜一般，痛飲這個夏季。

我要把它收集起來，捏成一大塊，以便在……以便在夏季消逝的時候靠它維生。你知道裡面有些什麼嗎？」

她一樣樣數給柏克聽：「裡面有好多個日出，結滿藍莓的藍莓叢，你手臂上的雀斑，夜晚河面上的月光，布滿繁星的夜空，中午太陽直射在杉樹上的森林，傍晚的毛毛雨，還有松鼠、狐狸、野兔、麋鹿，以及所有我們認識的野馬，我們游泳的時刻、在林中騎馬的時刻——喔，一大堆屬於夏日的事揉捏出來的。」

柏克說：「妳是很好的夏日烘焙師，繼續努力！」

他們從早到晚的每個時刻都在森林中度過。他們釣魚、打獵，取得所需的食物。除此之外，他們跟周遭的生物都和平相處。他們散很長的步，觀察走獸和鳥類，攀爬岩石和大樹，在林中騎馬，在哈培鳥不到的湖泊裡游泳——夏日時光就這樣一天天過去。

天空變得愈來愈晴朗而涼爽，偶爾出現一、兩個寒冷的夜晚。然後忽然之間，河岸上樺樹梢頭的葉片都變成黃色。一天清晨，他們在火堆旁看見了黃葉，可是他們絕口不談這件事。

天空愈來愈高，氣候愈來愈涼爽，視野可以眺望到森林好幾哩外的景物，可是森林裡的綠葉中已摻雜了大量的紅葉和黃葉，很快整條河邊都染成一片火紅。他們坐在火堆旁看著這片美景，一言不發。

河上起更多霧了。一天傍晚，他們到河邊汲水的時候，森林裡起了霧，忽然之間，他們就被包圍在濃霧中。柏克放下水桶，牢牢抓住隆妮雅的手臂。

隆妮雅問：「怎麼回事？你怕濃霧嗎？你想我們會找不到回家的路？」

柏克沒有告訴她他害怕什麼，他等著。忽然之間，從森林深處傳來他熟悉的哀歌。

隆妮雅站著靜靜的聽：「你聽見了嗎？地底妖女在唱歌！我終於聽到她們的歌聲了！」

柏克問：「妳難道沒有聽過她們唱歌？」

隆妮雅說：「從來沒聽過。她們要把我們誘惑到地底世界去——你知道這傳說嗎？」

柏克說：「我知道，妳願意跟她們去嗎？」

隆妮雅笑道：「我又沒發瘋，你知道的！可是大頭皮特說過……」

她頓住了。

柏克追問：「大頭皮特說過什麼？」

隆妮雅說：「啊，沒什麼。」

可是他們站在那兒等霧氣消散一點，以便找路回家的時候，她不停想著大頭皮特有次告訴她的話。

「地底妖女來到森林裡唱歌的時候，你就知道秋天到了，馬上就是冬天——唉呀，天哪，真的是如此！」

16

大頭皮特說得沒錯，地底妖女帶著她們的哀歌來到森林，就是秋天到了。柏克和隆妮雅不願承認也沒用。夏天慢慢消逝，秋雨下個沒完沒了，連一向喜歡下雨的隆妮雅都覺得煩了。

他們被迫成天坐在洞裡，聽洞外永不停止的滴水聲。這種天氣連火都生不著，天氣又冷，最後他們只得跑到森林裡去，藉跑步取暖。他們確實暖和了一點兒，可是也淋得像落湯雞。一回到洞裡的家，把溼透的衣服擰乾以後，他們就裹在皮革裡，眼巴巴的等天色露出些許放晴的跡象。可是從洞口望出去，仍然只見像堵牆似的雨幕。

柏克說：「今年的夏季雨水真多，可是天氣會好轉的！」

雨終於停了，但緊接著暴風如雷鳴般掃過森林，狂風扯落杉樹和樺樹的樹葉，金色的光彩消失無蹤；河邊的斜坡上，現在只剩光禿禿的樹幹，在一心要把它們連根拔起的凜冽寒風中，可憐兮兮的東搖西擺。

柏克說：「今年夏天的風真大，可是天氣會好轉的。」

天氣並沒有好轉，反而愈來愈糟。寒流來臨，氣溫一天比一天低，他們無法再對冬天將至的現實視若無睹，至少隆妮雅做不到。她常做惡夢。一天晚上，她夢見柏克躺在雪堆裡，臉色慘白，頭髮也滿布白霜，她在尖叫中驚醒。已經是早晨了，柏克忙著在洞外生火，她衝到他面前，見他還是一頭紅髮，沒沾上半點霜，才放下心來。

可是河對岸的森林已被初霜妝點得一片雪白。

柏克咧嘴笑笑說：「今年的夏季有霜。」

隆妮雅生氣的瞪他一眼。他怎麼還能如此冷靜？他怎麼能把事情說得這麼輕鬆？難道他沒感覺？他到底有沒有把自己可憐的生命當一回事？在馬特森林裡不能害怕——這一點她知道——可是現在她開始害怕了，想到冬天來臨他們會有什麼樣的下場，她就害怕得不得了。

柏克說：「我的姊妹不開心，她就要離開這兒，到一處不是我起的火堆旁取暖了。」

她跑回洞裡，再次躺回床上。另一個火堆？可是她沒有另一個火堆可以去呀！他指的是馬特堡老家的大石廳那個火堆。在這種寒冬裡，她當然想念那個火堆——啊，她多麼懷念過去不愁受凍的生活啊！可是她不能回馬特堡，因為她再也不是馬特的孩子，家中的火再也不能帶給她溫暖，她知道，事實就是這樣！沒有別的辦法。當一個人無路可逃的時候，還有什麼好抱怨的？

她發現水桶空了，她得下到泉水那兒去提水。

柏克在後面喊道：「我把火生好就來。」提水回家是很辛苦的工作，必須他們兩人協力。

隆妮雅沿著窄小的山徑往下走。走在這條路上必須非常小心，一失足就會頭朝下摔在岩石上。最後一段路她跑步穿過密生的杉樹和樺樹林，進入泉水所在的小山谷。可是還沒跑到，她就站著不能動彈了。泉水旁邊的岩石上坐了一個人！馬特坐在那兒，除了馬特沒有別人！她還清楚的記得他那頭蚪亂的黑髮，她的心猛烈的撞擊著。她哭了起來，站在樺樹叢中無聲的哭了起來。然後她看見馬特也在哭。就像她夢裡那樣，他一個人孤零零的坐在森林裡，因悲傷而哭泣。起初他還沒有看見她，忽然他抬起頭就看見她了。他立刻舉起一隻手臂，用手遮住眼睛，企圖掩飾他的眼淚。那是多麼無助而絕望的一個姿勢，真的教她不忍心。她喊一聲就撲上前去，投入他的懷抱。

馬特低聲說：「我的孩子！我的孩子！」

接著他高聲叫道：「我找回我的孩子了！」

隆妮雅把臉埋在他的鬍子裡哭。她抽噎著說：「我現在是你的孩子嗎，馬特？我真的又是你的孩子了嗎？」

馬特哭著回答：「是的，妳一直都是我的孩子，我的隆妮雅！我的孩子，我日日夜夜為妳哭泣。上帝知道我承受多麼大的痛苦！」

他把她推開一點，細看她的臉。然後他溫柔的問：「拉維絲說的是真的嗎，只要我親自來求妳，妳就肯回家？」

隆妮雅默不作聲。就在這時，她看見柏克。他站在樺樹叢中，臉色蒼白，眼中滿是悲傷。他不該如此不快樂——柏克，我的兄弟，你帶著這種表情時，心裡想的是什麼？

馬特問：「真的嗎，隆妮雅？妳現在就跟我回家嗎？」

隆妮雅不作聲，痴痴的望著柏克——柏克，我的兄弟，你還記得貪心瀑布嗎？

馬特說：「來吧，隆妮雅，我們該走了。」

柏克站在那兒，他明白時辰已經到了，該向隆妮雅道別，讓她回馬特堡了。能夠借她這麼久，他應該滿懷感激。這就是結束，完全符合他自己的心願。他早就知道會有這樣的結果，那麼為何他的心還如此痛楚？隆妮雅，妳不知道這是什麼感覺，讓它快點結束吧！要走就快走吧！

馬特說：「我還沒有開口求妳。我現在要說，求求妳，隆妮雅，我全心全意求妳跟我一塊兒回家！」

隆妮雅想，我這一生不曾碰到比這更難的處境了。她必須有所反應——她知道她的回答會讓馬特崩潰，可是她非說不可。她要留下陪柏克。她不能把柏克一個人丟下，在冬季寒冷的森林裡凍死——柏克，我的兄弟，今生今世就是死亡也不能把我倆分開，你難道不知道？

這時馬特看見柏克了，他沉重的歎一口氣，提高聲音叫道：「柏克．鮑卡，過來！我有話跟你說！」

柏克不情願的走過來，保持一段安全的距離。他冷冷的望著馬特說：「你要說什麼？」

馬特說：「我真想揍你一頓。不過我不會動手，相反的，我還要誠心邀請你跟我們一塊兒回馬特堡！不是因為我喜歡你——隨你怎麼想，只千萬別那麼想！可是我女兒很喜歡你——我現在明白了——也許我可以做到愛屋及烏。過去幾個月來，我花很多時間思考這個問題！」

這番話使隆妮雅從頭到腳都震動不已。她覺得心裡有什麼東西終於融化了——她一直藏在心底裡那一大團令人難過的冰塊，原來只要父親的幾句話，就能像春天的小溪般立即融化。奇蹟怎會突然出現？她毋須再在馬特和柏克中間做抉擇，兩個她深愛的人——現在她不必再擔心失去他們任何一個！奇蹟出現了，就在此時，就在此地！

她滿懷欣喜、愛意、感激的望著馬特，又掉頭望柏克。但她發現柏克一點都沒有快樂的表示，他滿臉的困惑與懷疑。她開始害怕，他不可能那麼頑固而愚蠢吧？要是他不知道什麼對他是好的怎麼辦？要是他不肯一起回家怎麼辦？

她說：「馬特，我要跟柏克單獨談談。」

「為什麼？」馬特問：「唉，好吧，那我去看看我的大熊洞。可是你們談快點，我們得馬上動身回家。」

馬特走後，柏克輕蔑的模仿他的口吻說：「我們得馬上動身回家。什麼家？他以為我會跟去給馬特幫的強盜做受氣包？甭想！」

隆妮雅又生氣了，她說：「什麼受氣包？你怎麼會這麼蠢！你寧願留在大熊洞凍死嗎？」

柏克沉默了一會兒，然後說：「是的，我想是如此！」

隆妮雅覺得好絕望：「你應該愛惜生命——你難道不懂嗎？要是你留在大熊洞過冬，等於是把你和我的生命白白浪費掉！」

柏克說：「為什麼這麼說？我怎麼可能浪費妳的生命？」

隆妮雅憤怒的喊道：「因為我會陪你留下，你這個大笨蛋！管你高不高興！」

柏克默然的站在那兒看了她半天，最後他說：「妳知道妳剛才說的是什麼嗎，隆妮雅？」

隆妮雅吼道：「當然知道，什麼都不能把我們分開！你也知道的，笨蛋！」

柏克露出一個最燦爛的笑容，他笑起來的模樣真是帥極了。

「我不要浪費妳的生命，我的姊妹！這是我最不願意做的事。妳要去哪兒我都跟妳走。即使必須跟馬特的強盜生活在一起，窒息而死！」

他們熄滅了火堆，收拾好所有的東西。現在他們即將離開大熊洞，真叫人依依不捨。隆妮雅悄聲對柏克說，免得馬特聽見產生不必要的憂慮，「明年春天，我們再搬回來！」

「好啊，因為我們還會活著。」柏克說，似乎對這個點子非常高興。

馬特也很高興。他一馬當先的穿過森林，一路唱著歌，把沿路的野馬都嚇得從樹叢中逃跑了，只有壞蛋和蠻子例外。牠們站著不動，等候著，也許以為又要去賽跑了。

隆妮雅撫摸著壞蛋說：「今天不行，但也許明天。要是沒下太多雪，也許天天都可以。」

柏克也拍拍蠻子說：「是的，我們會回來！你們也好好保重！」

他們看得出，馬兒也已經開始換毛，不久牠們都會長出滿身長毛，來抵禦寒冬。下個春天來臨時，壞蛋和蠻子也都還會活著。

可是馬特已經超前他們很多，他大步走在林中，高聲唱著歌，他們必須加快腳步趕上他。他們走了好久，終於來到野狼隘。柏克在這兒停住腳步。

他說：「馬特，我想先回鮑家寨看看恩娣和鮑卡。可是我要先感謝你准許我隨時到馬特堡探望隆妮雅。」

馬特說：「好的，好的，這實在讓我很為難，不過你想來就來吧！」

然後他笑道：「你們知道大頭皮特怎麼說嗎？那個老傻瓜認為，要是我們不當心點，就一定會被官兵剿平。所以他說，最好就是馬特的強盜和鮑卡的強盜能聯成一氣——真是的，這個老傻瓜有好多瘋狂的念頭！」

他同情的望著柏克說：「真可惜你爸爸是那麼一個下流的惡魔——要不然我至少會考慮這麼做。」

柏克很和氣的說：「你才是個下流的惡魔呢。」馬特很讚賞的笑了。

柏克向隆妮雅揮揮手。他們已到了野狼隘口，過去他們總在這兒道別。

「我會來看妳，強盜的女兒！每一天，妳知道的，我的姊妹！」

隆妮雅點點頭，「每一天，柏克·鮑卡！」

馬特和隆妮雅走進大石廳，強盜們安靜得連針落地的聲音都聽得見。沒有人敢歡呼；好久以來，他們的頭兒都不准任何人在馬特堡歡呼了。只有大頭皮特高興得跳了起來，跳那麼高，以他的年紀而言，實在不大恰當。

他說：「親人回到家，應該熱烈打招呼才對。」馬特聽了開懷大笑，他笑得那麼開心，又那麼久，所有強盜眼裡都不由得溢滿歡喜的淚水。自從地獄溝那個不幸的早晨以來，這是他們第一次聽到馬特笑，大家都迫不及待的和他一塊兒笑。他們笑得直不起腰；隆妮雅也跟他們一塊兒笑。這時拉維絲正好忙完羊圈的事，回到家，大家都安靜下來。母親歡迎剛回到家的出走孩子時，是不可以笑的，眾強盜目睹這一幕，不由得又熱淚盈眶。

隆妮雅問：「媽媽，妳可以幫我把大澡盆搬進來嗎？」

拉維絲點點頭：「好的，我已經在燒水了！」

隆妮雅說：「我就知道！妳真是個無微不至的母親。妳一定沒見過比我更骯髒的小孩！」

拉維絲說：「真的，沒見過。」

隆妮雅躺在床上，飽足、乾淨、溫暖。她吃了拉維絲的麵包，也喝了一些牛奶，然後拉維絲在澡盆裡替她刷洗，直到她的皮膚散發出光澤。現在她躺在過去躺慣的床上，隔著帷幕可以看見壁爐中的火焰已不那麼熾烈。一切都是老樣子，拉維絲為她和馬特唱了「狼之歌」。到了就寢時間，隆妮雅也昏昏欲睡，可是她的思緒還很混亂。

她想，現在大熊洞一定冷極了。我躺在這兒，從頭到腳都溫暖得徹底。真奇怪，這麼小的事也能讓妳非常快樂！然後她想到柏克，不知他在鮑家寨的情形如何。我希望他也從頭到腳都覺得很溫暖。她想著就閉上了眼睛。明天我會問他。

大石廳裡悄無聲息。可是突然傳來馬特焦慮的喊聲：

「隆妮雅！」

她迷迷糊糊的應聲：「什麼事？」

馬特說：「我就是要聽聽，確定妳在家裡。」

隆妮雅喃喃答道：「我當然在家。」

然後她就睡著了。

17

隆妮雅深愛的森林，不論是秋天的森林或冬天的森林，現在又都是她的朋友了。待在大熊洞的最後幾個星期，她開始覺得森林充滿威脅和敵意，可是現在她跟柏克一塊兒到結霜的森林裡騎馬的時候，心中只感受到喜悅，她把這想法告訴柏克。

「只要你有把握回到家的時候，從頭到腳都可以裹得暖烘烘的，那麼隨便什麼樣的氣候都可以到森林裡來。可是如果你事後只能在冰冷的山洞裡發抖，情況就不一樣了。」

本來打算在大熊洞過冬的柏克，現在也很高興能回到鮑家寨，在自家火堆旁烤得暖洋洋的。

他知道他必須住在那兒，隆妮雅也知道，否則馬特山上的仇恨會愈結愈深。

柏克說：「妳知道，我回家的時候，恩娣和鮑卡真是喜出望外。我真不敢相信他們那麼關心我。」

隆妮雅說：「是啊，你必須跟他們住，直到春天！」

柏克要住在自己家裡，對馬特來說也是個好消息。

他跟拉維絲說：「當然啦，當然啦，隨便那個小狗賊什麼時候愛來愛去都可以。畢竟是我邀請他來我們家的。但是想到不必一直看他那個紅腦袋在我的房子裡晃來晃去，可真讓我鬆了一口氣！」

馬特堡的生活又恢復了過去的和樂融融，強盜們唱歌跳舞，馬特也像過去一樣，經常發出聲震屋瓦的大笑。

但是強盜生涯卻有了變化。跟官兵作戰愈來愈艱苦，馬特知道他們現在真的在追拿他了。

他向隆妮雅解釋著：「只不過因為有天晚上，我們把派雷從那個倒楣的地牢裡搭救出來——同時也救了兩名鮑卡手下的狗賊。」

隆妮雅說：「小鬼還以為派雷會被吊死呢。」

馬特說：「任何人都不准吊死我的強盜。現在我也教那個不成材的派雷知道，強盜不會老老實實的任人關起來！」

可是大頭皮特若有所思的搖搖他的禿腦袋，說：「就是這個緣故，官兵才像牛蠅似的密布在森林裡。官方最後會勝利的，馬特——我得告訴你多少次？」

大頭皮特又開始嘮嘮叨叨的勸馬特，趁還來得及快跟鮑卡化敵為友。他說，只有一個團結而強大的強盜幫派，才能應付官兵，若是分裂的兩小撮強盜，大部分時間都又浪費在互相欺騙，像餓狼搶腐肉一般爭奪掠獲物上，絕對成不了氣候。

這種話馬特不喜歡聽。光是為這件事擔心，就夠他受的了。

馬特說：「你說的是你的心裡話，老傢伙。當然，你的話也有道理，可是你想，成立一個強盜幫以後，該誰當頭兒呢？」他嘲諷的大笑了一陣，

「鮑卡，嗯？我馬特是所有山林中最強壯有力的強盜頭子，我可不打算讓位！可是我們怎麼能讓鮑卡理解這一點呢？」

大頭皮特說：「那你就得證明給他看。你應該跟他比武，把他打敗。你是一頭大蠻牛！」

這就是大頭皮特獨自花了無數小時想出來的計謀。比一場武，可以讓鮑卡認清自己的分量，讓他講理；他們就可以在馬特堡組成一個統一的強盜幫，大家齊心協力把官兵誘到岔路上，讓他們追得暈頭轉向，卻一無所獲，最後他們就只好放棄追拿強盜的任務。這真是妙計啊！

隆妮雅說：「我認為最好的計策就是不要再做強盜。我一直都這麼認為。」

大頭皮特對她露出一個沒有牙齒的友善微笑。

「妳說得很對，隆妮雅。妳很聰明。可是我太老、也太衰弱了，沒法子把這種念頭灌輸到馬特腦子裡啦。」

馬特生氣的瞪著他說：「你怎麼說得出這種話——你自己原本也是個膽

大妄為的強盜，先是在我父親手下，後來在我手下！不再做強盜！那我們要靠什麼過活——你考慮過這一點沒有？」

大頭皮特說：「你難道不知道嗎，世界上有很多人不做強盜，照樣活得很好？」

馬特酸楚的問：「沒錯，可是該怎麼做才能像他們一樣？」

大頭皮特解釋說，方法有好幾個，「我知道你天生是個強盜胚子，你會一直打家劫舍直到上絞刑台被吊死為止，所以有好些事我不能教你。不過等時機來臨時，我會告訴隆妮雅一個有用的小祕密。」

馬特問：「什麼樣的祕密？」

大頭皮特說：「我說過了，我會告訴隆妮雅，這樣你被吊死以後，她就不會落得無依無靠。」

馬特氣憤的說：「吊死，吊死，吊死！給我閉嘴，你這個可惡的老烏鴉！」

日子一天天過去，馬特始終沒有接納大頭皮特的勸告。可是一天清早，馬特的強盜還沒起床給馬匹裝馬鞍，鮑卡就騎馬到野狼隘口，要求跟馬特談談。他帶來一個壞消息。因為他這位大敵最近才慷慨的把他兩名手下從警長的地牢裡救出來，所以他要提供一項服務做為報答。鮑卡說，今天凡是愛惜生命的強盜，都最好不要到森林裡去，情況又變得很惡劣了。他剛從強盜小徑回來，官兵在那兒埋伏，他們已經俘虜了他兩名手下，還有一名在企圖脫逃時中箭，傷勢很嚴重。

鮑卡恨恨的說：「這些沒心肝的傢伙，連條生路都不給我們這班可憐的強盜。」

馬特皺起眉頭說：「咱們得教他們一點禮貌！咱們不能容忍這種事！」話說出口他才想到，他用的是「咱們」這個字眼，他不禁歎了口氣。有好一會兒，他站著沉默不語，從頭到腳打量著鮑卡。

最後他說：「也許我們應該……聯手。」雖是自己親口說的話，他仍不由得打了個寒噤。跟鮑卡說這種話，他的父親、祖父、曾祖父要是聽見，一定會氣得從墳墓裡跳起來！

可是鮑卡鬆了一口氣，他說：「馬特，你這輩子總算說了一句聰明話！組織一個統一而強大的強盜集團——真是個好主意！我們可以公推一位出色的領袖！我知道誰最適合。」他抬起頭，挺起胸，「就是像我這麼強壯而足智多謀的人！」

馬特放聲大笑，「算了吧，你。我會讓你知道誰最適合當領袖！」

大頭皮特如願以償。馬特和鮑卡要進行一場決鬥，他們都承認這是個好主意。他們的手下聽到這個好消息，都非常興奮。決鬥那天早上，馬特的強盜在大石廳裡吵翻了天，拉維絲不得不趕他們出去。

她叫道：「出去，我受不了你們這樣吵鬧！」

光聽馬特大吹大擂就夠了。他在大石廳裡踱來踱去，齜牙咧嘴的吹牛說要把鮑卡打成碎片，甚至讓恩娣都認不出是他。

大頭皮特冷笑道：「等你回到家再吹牛——我媽一直都這麼說。」

隆妮雅不大開心的看著一股熱勁的父親，「我不想看你打人的場面！」

馬特說：「妳本來就不能看。」比武時，婦女和兒童都不准旁觀，這是傳統。參與這種以力取勝、暴戾無比、通稱為「野獸對決」的活動，公認對她們是不好的。

馬特說：「大頭皮特，你可得在場。我知道你最近精神不繼，看野獸對決可以幫助你振作起來。來吧，老傢伙，你跟我騎一匹馬。時間到了！」

這是個晴朗而寒冷的早晨，地面上有霜。馬特的強盜和鮑卡的強盜都集結在野狼隘下方的一片空地上，每人手裡拿著長矛，環繞在各自的首領身旁。他們即將知道誰會成為最好的領袖。

大頭皮特坐在附近一塊岩石上，裹著厚厚的皮裘，看來活像一隻髒兮兮的烏鴉，可是他眼中閃耀著期待的光芒，聚精會神的注視著比武場中的一切動靜。

兩位主角把衣服脫得只剩一件襯衫，光腳踩在結霜的地上。他們鼓起臂上的肌肉，用力朝四方踢腿，讓身體溫暖，使動作更靈活。

馬特說：「你鼻子周圍還有點發青，鮑卡。不過我保證你很快就會暖和起來！」

鮑卡不甘示弱的說：「我也給你相同的保證。」

野獸對決容許使用任何詭詐手段，決鬥者可以拳打腳踢、槍挑刀刺、撕、扯、咬、抓，無所不用其極，唯一禁止的是踢對手胯下。這是最要不得的行為，觸犯者當下就被視為落敗。

老呆發出一個眾人期待已久的信號，決鬥開始了。馬特和鮑卡都發出怪吼，朝對方衝過去。

馬特用熊也似的臂膀抱住鮑卡的身體說：「我很遺憾你是這麼一個下流的惡魔！」他用力一擠，不過只讓鮑卡出了一點汗。「要不然我可能老早就任命你當我的副手，」他更猛力的擠緊手臂，「現在也沒有必要把你的腎臟擠出來！」他幾乎壓碎了鮑卡的肋骨，使得他全身喀喀作響。

可是鮑卡用堅硬的頭顱猛的朝馬特的鼻子一撞，撞得他鮮血直流。

鮑卡說：「我也很遺憾非撞爛你的豬鼻子不可。」他再度撲上前來，「因為你本來就已經醜到極點了。」他抓住馬特的一隻耳朵用力拉扯。「兩隻耳朵——你需要那麼多嗎？」他一邊問，一邊用力撕扯。

可是就在馬特的耳朵快被他扯下來的時候，他鬆了手，因為馬特一拳把他打倒在地上，並且用鐵板似的手掌壓住他的臉，直到他的五官變得比先前扁平。馬特說：「我遺憾極了，我不得不痛打你一頓，以後恩娣每次在亮光下看到你的臉都會痛哭一場！」他繼續用力壓，但鮑卡找到機會用牙齒啣住馬特的一小塊手掌肉，用力咬下去。

馬特大吼一聲，想把手抽開，可是鮑卡緊咬不放，直到無法呼吸為止。然後他把那小塊手掌肉連皮帶肉吐到馬特臉上，說：「拿去吧，你可以拿回去餵貓。」可是他說話的當兒卻不斷在喘氣，因為馬特把全身重量都壓在他身上。不久情勢就很明顯了，鮑卡縱然有尖利的牙齒，但其他方面都不是馬特的對手。

比武結束後，成為首領的馬特站在那兒，滿臉血跡，襯衫也被撕成幾條破布，掛在身上。但他仍然是百分之百的首領，所有的強盜都無法否認，不過有人覺得很難過，尤其是鮑卡。

鮑卡受傷的情形比馬特還慘，眼淚都幾乎要掉下來，馬特決定安慰他幾句。

他說：「鮑卡兄弟——是的，從現在開始，我們是兄弟了。你在有生之年都可以保留頭兒的稱號，你也可以繼續率領你的部下。可是你得記得，馬特才是所有山林中最強大的首領，而且從現在開始，你得聽我的號令——這你都明白了？」

鮑卡無言的點點頭，這時候他不想說話。

當天晚上，馬特在大石廳裡舉行一場盛宴，所有馬特堡的強盜，不管是他或鮑卡的手下都應邀參加。這真是一場豐盛的宴會，有充足的食物和喝不完的啤酒。

宴會進行當中，馬特和鮑卡愈來愈像兄弟，他們有時哭，有時笑，並肩坐在長桌上，回憶兒時一塊兒在豬圈裡抓老鼠的往事。很多他們一起做過的趣事，現在都回到心頭，再講給大家聽。所有強盜都聽得津津有味，並肩坐在桌子另一頭的柏克和隆妮雅也聽得很高興，他們的笑聲夾雜在強盜粗獷的笑聲中，特別尖銳而清晰，馬特和鮑卡聽了都格外開心。他們都有好一陣子不曾在馬特堡聽見自己孩子的笑聲，現在雖然他們又都回家來，但馬特和鮑卡都還沒有完全適應，所以孩子的笑聲在他們耳中，真如同美妙的音樂，激勵著他們講述更多精采的童年故事。

馬特忽然說：「鮑卡，你不要因為今年的失敗而耿耿於懷，鮑卡一族有一天會翻身。等你我都不在世上，就輪到你兒子做強盜首領了。我相信會是如此，因為我女兒不想接我的位置，她一向說一不二，她遺傳了她母親的個性。」

鮑卡聽了這話顯得十分欣慰，可是隆妮雅從桌子那頭高聲喊道：「那麼你以為柏克要做強盜首領嗎？」

「當然。」鮑卡信心十足的回答。

柏克隨即走到大廳中間每個人都看得到他的地方，高高舉一隻手臂，發了一個重誓：不論發生什麼事，他都不要做強盜。

大石廳立刻籠罩在不愉快的沉默當中。鮑卡滿面是淚，對生下這麼一個沒出息的兒子哀歎不已。馬特試圖安慰他。

他說：「我已經強迫自己適應了。你也只好這麼做。這年頭，我們拿孩子一點辦法也沒有。他們愛怎麼做就怎麼做——你只有讓自己習慣，沒有別的辦法。只不過很不容易做到就是了。」

兩個強盜頭子默默坐了很久，想到他們引以為豪的強盜生涯，有朝一日將只存留在傳奇故事中，就難過得不得了。

好在慢慢他們又想起在豬圈裡抓老鼠的樂趣，決心把頑固的孩子拋在腦後，及時享受最要緊。他們的手下也搶著用歡樂的歌聲和活潑的舞蹈趕走所有的不愉快。他們瘋狂的跳舞，跳得地板吱吱作響。柏克和隆妮雅也加入跳舞，隆妮雅教柏克許多歡樂的強盜舞步。

這段時間裡，拉維絲和恩娣坐在另一個房間裡吃喝聊天。她們的品味和觀念幾乎沒有絲毫相同之處，只有一件事她們都同意：偶爾讓耳朵休息一下，不必聽任何男人的聲音，可說是人生的最大享受。

大石廳裡始終鬧哄哄的，直到大頭皮特忽然筋疲力盡，倒在地上為止。

他經歷了一整天的興奮與勞累，這對他這種年紀的人完全不合適，終於再也撐不下去了。隆妮雅扶他回房去休息。他疲倦而滿足的倒在床上，隆妮雅把一床皮裘蓋在他身上。

大頭皮特說：「這樣我就安心了，妳和柏克都不想做強盜。這種事偶然做一次可能很有趣——我不能否認。可是現在強盜的日子不好過了，妳隨時都有可能被抓去受絞刑。」隆妮雅說：「是啊，而且你拿人家東西的時候，他們還會尖叫、哭泣。我絕對受不了這種事。」

「沒錯，孩子，妳絕對受不了這種事。可是現在我要告訴妳一個非常有用的小祕密，可是妳得先答應我，絕不向任何人透露這祕密，只除了一個人！」

隆妮雅答應了。

於是大頭皮特拉起她兩隻溫暖的小手，搗暖他自己冰冷的大手。他說：「讓我驕傲，給我快樂的隆妮雅呀，我在妳這年紀的時候，也跟妳一樣，成天在森林裡過。有一天碰巧我從哈培鳥手下救了一個灰侏儒，使他逃過被撕成碎片的命運。當然灰侏儒都不是好東西，可是這個不一樣，他對我感激得不得了，趕都趕不走。他堅持要給我……噢，馬特來了。」馬特正站在門口，他要知道隆妮雅為什麼那麼久還不回去，宴會已經結束，是唱「狼之歌」的時候了。

隆妮雅說：「我要先聽完這個故事。」

可是馬特頑固的等在門口，所以大頭皮特只好悄聲附在她耳邊把故事講完。

隆妮雅聽完了以後，說：「好極了。」

夜幕深垂，很快整個馬特堡和堡內的強盜就都睡著了，只有馬特躺在床上口口聲聲的抱怨喊痛。拉維絲當然已經替他所有的傷口和淤青都塗上了止痛消腫的藥膏，可是沒什麼作用。他到現在才有時間想到自己的傷，連彎一彎小腳趾頭都讓他痛得要命。他沒法子入睡，看到拉維絲睡得舒舒服服的模樣他就氣惱。他終於叫醒她。

他說：「我痛死了，我最大的心願就是那個壞蛋鮑卡躺在床上時，比我還痛得厲害。」

拉維絲轉身對著牆壁。

她說：「你們這些男人！」然後就立刻又睡著了。

18

第二天，大頭皮特全身疼痛，又忽冷忽熱，連床都下不了。拉維絲板著臉說：「老年人不應該去看什麼野獸對決，把自己骨頭都凍僵了。」雖然後來顫抖的症狀消除，但大頭皮特還是不肯下床。

他說：「我與其坐著發呆，還不如躺著發呆。」

馬特每天到他房裡去，讓他知道新強盜幫的進展。馬特自己很滿意。他說鮑卡做得不錯，也很聽話。他現在都保持警覺，他們聯手做的每一票生意都很成功。他們愚弄了官方的人——啊，真是有趣極了！——不久這些沒用的官兵就會離開馬特森林了。

大頭皮特嘟噥著說：「等你回到家再吹牛吧。」可是馬特根本沒聽他說什麼。他本來也沒多少時間可以陪大頭皮特的。

他離開前拍拍大頭皮特，憐惜的說：「你這個瘦巴巴的老東西，想法子在那把骨頭上多長點肉，這樣才站得起來。」

拉維絲也盡了力。她端來補精力的熱湯和其他大頭皮特喜歡吃的東西。她說：「把湯喝下去，你就會暖和起來。」可是再怎麼熱的湯，也驅除不了大頭皮特骨頭裡的寒氣。拉維絲非常擔心。

一天晚上，她跟馬特說：「我們得把他搬到大廳裡，讓他暖和一點。」大頭皮特就被馬特抱出他孤單的臥室。他要跟馬特睡一張床。拉維絲則搬去跟隆妮雅睡。

大頭皮特說：「終於我這個可憐的老東西要解凍了。」

馬特跟燃燒的火炭一樣溫暖，大頭皮特像個從母親那兒尋求溫暖與安慰的孩子一般，緊貼在他身旁。

馬特說：「不要擠我！」可是大頭皮特不管三七二十一，拚命往他旁邊擠。第二天早晨，他拒絕再搬回他自己房間去。他喜歡上了這張床，他要留在這張床上。他可以躺在床上，看著拉維絲忙碌來打發一天；在這兒，晚上強盜們回家的時候，都會圍攏在他身邊，敘述他們一天做的事；隆妮雅也來告訴他，她跟柏克在他們的森林裡做了些什麼。大頭皮特快樂極了。

他說：「我在等待的時候，就喜歡過這樣的生活。」

馬特問：「你在等什麼？」

大頭皮特說：「哼，你想還有什麼！」

馬特猜不到，可是他注意到大頭皮特似乎一點一點在消失。他焦慮的問拉維絲：「妳看他到底是什麼問題？」

拉維絲說：「老了。」

馬特擔心的望著她問：「他不會因此死掉吧，會嗎？」

拉維絲說：「會的。」

馬特頓時哭了出來，他喊道：「不會的，不會的，閉嘴！我不許發生這種事！」

拉維絲搖搖頭，「馬特，你可以決定很多事，可是這件事輪不到你來決定。」

隆妮雅也很擔心大頭皮特，隨著他生命能量一天天流逝，她花更多時間陪伴他。現在他多半時間都閉著眼睛躺在床上，只偶爾睜開眼看看她。

這時他會微笑著說：「讓我驕傲、給我快樂的隆妮雅啊，妳不會忘記妳知道的事，對吧？」

隆妮雅說：「不會的！只要我能找到正確的地點就好了。」

大頭皮特向她保證，「妳會的。時機一到，妳就會找到的。」

她也說：「對呀，我一定找得到。」

日子一天天過去，大頭皮特愈來愈衰弱。最後有一天晚上，馬特、拉維絲、隆妮雅、其他的強盜，大家都圍著看顧他的時候，大頭皮特躺著就不再動彈，眼睛也闔上了。馬特焦急的尋找他的生命跡象，可是儘管有爐火和拉維絲手中的燭光照耀，床鋪卻籠罩著一片灰暗，再找不到一絲生氣，馬特忽然狂喊一聲：「他死了！」

就在這時，大頭皮特張開眼，責備的瞪他一眼，「我當然還沒死！你難道以為我會沒禮貌到臨走之前連招呼都不打一個嗎？」

然後他又把眼睛閉上很久，大家沉默的站在一旁，只聽見幾次很小聲、幾乎是喘息的呼吸聲。

大頭皮特又睜開眼說：「是時候了。現在，朋友們，我要告退了！我現在要死了！」

於是他就死了。

隆妮雅從來沒有看過死亡，她哭了一陣子；可是她想，最近他一直都那麼疲倦；現在也許他可以休息了——在一個她完全不了解的地方。

馬特卻大步在大廳裡走上走下，放聲大哭大喊：「他一直都在這裡的！可是現在他不在了！」

拉維絲說：「馬特，你知道一個人不可能永遠都在的。每個人出生之後都難逃一死——永遠是如此。你又有什麼好抱怨的。」

馬特大吼道：「可是我想念他。我好想念他，我覺得心如刀割！」

拉維絲說：「你要我抱抱你嗎？」

馬特哭著說：「好吧，妳就抱抱我吧。還有妳，隆妮雅。」

於是他一邊靠著拉維絲，一邊靠在隆妮雅身上，把他對失去大頭皮特的哀傷盡情哭了出來，這個一輩子跟他在一塊兒的人，現在沒有了。

第二天，他們把大頭皮特埋葬在河邊。冬天愈來愈近，已經下了第一場雪。馬特和他的強盜抬著大頭皮特的棺材前往選定的地點，柔軟溼潤的雪花飛落在棺木上。這具棺材是大頭皮特還有力氣的時候，親手製作的。這麼些年來，它一直收藏在衣帽間後面。

大頭皮特曾經說過：「一個強盜可能會在他最想不到的時候，需要他的棺材。」但是他活著的最後幾年，卻想不通為什麼他等這麼久還沒用到。

他說：「不過早晚會用得著。」

終於用著了。

失去大頭皮特的悲哀沉重的籠罩著馬特堡。馬特整個冬季都悶悶不樂，強盜們也都心情不好，因為他們在馬特堡的喜怒哀樂，都由馬特的情緒決定。

隆妮雅跟柏克到森林裡去避難，連冬天也來到森林中。每當她滑雪下坡，就會把所有的哀傷拋在腦後；可是只要一回到家，看到馬特坐在火前沉思，她就又憶起所有的不愉快。

他會要求她，「來安慰我吧，隆妮雅。幫幫忙，讓我忘掉悲傷。」

隆妮雅說：「很快就又是春天了，到時你就會好過的。」可是馬特不同意。

他苦著臉說：「大頭皮特再也看不到春天了。」在這一點上，隆妮雅實在也找不到什麼話來安慰他。

可是冬天終於過去，春天照常又來到人間，不因為誰死誰生而有所改變。馬特的心情也隨著春天到來而開朗起來，他率領強盜部下騎馬出野狼隘時，又得意的吹著口哨，唱起歌來。

鮑卡已經帶著他的人等在隘下。萬歲！經過一個漫長的冬天，他們的強盜生涯終於又要開始了！這群天生的強盜胚子，個個都興高采烈。

孩子們就聰明得多。他們為截然不同的事情感到快樂，像是積雪融化無蹤、可以再去騎馬，還有想到不久就又可以搬回大熊洞。

隆妮雅說：「我真高興你決心不做強盜。柏克。」

柏克哈哈大笑：「我已經發過誓了，對不對？可是我真不知道我們兩個人將來要靠什麼過活？」

隆妮雅說：「我知道。我們要去開礦——你覺得怎麼樣。」

然後她把大頭皮特的銀礦故事告訴柏克，就是很久以前，那個灰侏儒為報答救命之恩，指給他看的那座銀礦。

隆妮雅說：「那兒的銀塊有小圓石那麼大。誰知道呢，也許不過是則童話故事！可是大頭皮特發誓是真的。我們可以找一天騎馬過去看看。我知道地點。」

柏克說：「這件事不急。妳只要嚴守祕密就夠了！要不然所有的強盜都會馬上趕去，把銀子都採光！」

隆妮雅笑道：「你跟大頭皮特一樣聰明。強盜跟兀鷹一樣貪心——他就是這麼說的——所以我除了你之外，沒有告訴任何人！」

柏克說：「可是目前我們沒有銀子也過得很好，我的姊妹。我們在大熊洞生活，需要的是不一樣的東西。」

春天一天比一天更像春天，隆妮雅開始擔心，該如何啟齒跟馬特說她計畫搬回大熊洞去住。可是馬特是個與眾不同的人，你永遠猜不到他會有什麼反應。

他說：「我的老山洞是個好地方。每年的這個時節，沒有比那兒更好住的地方——妳說呢，拉維絲？」

對他這種突如其來的轉移話題，拉維絲早就習以為常，一點都不覺得意外。她說：「去吧，孩子，妳父親答應就好了。可是我會想念妳！」

馬特說：「可是秋天到了，她就得照規矩回家來。」他說這話，好像隆妮雅已經連續好幾年都不在馬特堡住似的。

隆妮雅向他保證說：「會的，我一定照規矩辦事。」她對這次一切進行得如此順利，覺得又高興、又意外。她預期會有眼淚和叫罵，可是馬特滿臉都是跟回憶他自己在豬圈裡度過的快樂童年時一樣的愉快表情。

他說：「是啊，我住大熊洞的時候，情況可能更糟。可是那個洞事實上是我的，你們可不能忘記！我也許會不時來探望你們。」

隆妮雅把這話告訴柏克，他很有度量的說：「隨時歡迎他來，可是，」他補了一句：「只要不用每天看見他那頭黑捲毛，我就高興了！」

這天一大早，跟世界誕生的那天一樣美麗的早晨，大熊洞的新房客來到他們的森林裡散步，春天的璀璨美麗展現在他們周圍。每棵樹，每條溪流，每個翠綠的樹叢都充滿生機，到處一片唧唧聲、水流聲、嗡嗡聲、歌唱聲、呢喃聲。清新狂野的春之歌，在森林裡飄盪。

他們來到洞裡，這個荒野裡的家一切還是老樣子，那麼的安全而熟悉。河水嘩啦嘩啦在崖下奔流，晨光照耀著森林——永遠不改變。春天是新的，可是其他一切都沒有改變。

隆妮雅說：「別怕，柏克，我要發出春天的嘶吼了！」

她引吭長嘯，聲音尖銳得像鳥鳴，歡快的嘯聲傳到林中很遠、很遠的地方。

特別收錄

通俗與想像的平衡——阿思緹・林格倫的創作世界

張子樟（前臺東大學兒童文學研究所所長）

一

在奇幻與寫實互相拔河爭寵的年代裡，回過頭來檢視林格倫的一生作品，你會啞然失笑，因為在她的作品裡，她從不為這個問題煩惱，她天馬行空般的想像力能夠任意穿梭於寫實與奇幻之間。這時，你會恍然大悟，原來這兩種類型作品的區分是用來規範不甚成熟作家的寫作空間，但同時也局限了讀者的想像範疇。

像林格倫這樣大師級的作家，早早就把奇幻與寫實融於一爐。她寫作時唯一考慮的就是如何把故事寫好，內容勝於形式，何必要自陷於形式呢？曾有譯者在談論她創造的兒童世界時，認為通俗和想像這兩種風格以不同的方式體現了她的創作特徵，並指出通俗故事有時接近瑣碎，有時帶有喜劇色彩，而陰鬱、沉重的生活變成多彩的夢幻之國。進一步去思考這兩種風格，我們會發現它們也可用寫實與幻想的說法來取代。如果說所有作品都是作家醞釀多時的虛構產品，通俗寫實的故事一樣得透過想像力的運作，也同樣不乏之虛構成分。因此，我們不妨大膽認定，林格倫是一位自由遨翔於創作空間，不受形式拘束的大作家。

二

長期以來，「死亡」似乎一直是兒童文學作品極力避開的主題，這方面包括了死亡前後的描繪。許多作者以為，與死神掙扎的過程過於陰暗悲慘，不適合兒童閱讀，而死後世界的刻畫也同樣不利兒童心理的發展。但透過生命學的深度詮釋，死亡既然是生命的一部分，是人生的必經之路，逃避並非上策，這種禁忌便逐漸消失。在作家筆下，死後的世界成為一個不太可怕，與現世同樣溫暖的地方，藉此去減輕、甚至消除兒童對死後世界的畏懼。

林格倫把來生勾勒成另一種冒險，不全然是令人畏懼的地方。她把一個戰時國土被占領、國人群起反抗的故事轉化為《獅心兄弟》這樣令人感動的童話化的少年小說。故事著重勇氣、正義、利他主義及明辨是非的刻畫。它觸及了人的最深沉的恐懼：死亡、壓迫、黑暗、巨怪、孤獨，與生命中最重要的親密者分離以及善惡對立分明等等。善者為自由而戰，勇敢行事，又肯自我犧牲；惡者狡猾殘暴，經常思索新奇又可怕的方法，來虐待善者。善惡之爭，最後善必勝惡，但必須付出極高的代價。這種二分法的書寫原本就是奇幻小說的特色之一。

三

讀者還可從《強盜的女兒》覺察出林格倫的另一種書寫功力。這本書同樣是冒險故事，但除了冒險這基本元素外，它避開了死亡的威脅，再加上幽默的情節，而且現實層面遠遠超過幻想的部分。故事本身融入了世俗的角度，善惡之分變得不甚重要，甚至模糊不清，在故事結尾處也沒有合理的解釋，因為它被淡化掉了。這本作品契合了通俗化作品的共同之處：緊張萬分的情節與風趣幽默的對話。易讀但不低俗。

我們不要忘記林格倫是寫景的高手，這點在《強盜的女兒》特別顯著。無論冬雪、春雨、瀑布、森林動植物的描繪，都令讀者陶醉、嚮往。季節的轉換、生命消長的刻畫也拿捏得十分精準。男女主角遠離家門，在森林中的生活體驗——尋找食物，對抗胖妖精、灰侏儒與野哈培鳥的驚險經過及馴馬的樂趣，更是作者對大自然生命的推崇與歌頌。林格倫確實掌握了化通俗為高雅的手法。

四

《獅心兄弟》和《強盜的女兒》並不是林格倫僅有的作品，卻是她寫作風格——通俗與想像的平衡——的最佳演示。經由這兩部作品，讀者深刻領略了真正人間之愛的偉大，不論長幼親情、兄弟之情或純純之愛的描繪，林格倫都展現了她寬廣的視野，精確的刻畫了人性本質。她的作品提昇了兒童文學的水準及影響力，難怪有一位瑞典文學院院士認為她與大導演英格瑪·柏格曼是名聞全世界的兩位瑞典人。

小麥田 世界經典書房
強盜的女兒

作　　者 阿思緹・林格倫（Astrid Lindgren）
譯　　者 張定綺
封面插畫設計 達　姆
責任編輯 巫維珍

國際版權 吳玲緯　楊　靜
行　　銷 闕志勳　吳宇軒　余一霞
業　　務 李再星　李振東　陳美燕
編輯總監 劉麗真
事業群總經理 謝至平
發行人 何飛鵬
出　　版 小麥田出版
臺北市南港區昆陽街16號4樓
電話：886-2-2500-0888　傳真：886-2-2500-1951
發　　行 英屬蓋曼群島商家庭傳媒股份有限公司城邦分公司
臺北市南港區昆陽街16號8樓
客服專線：02-25007718；02-25007719
24小時傳真專線：02-25001990；02-25001991
服務時間：週一至週五09:30-12:00；13:30-17:00
劃撥帳號：19863813　戶名：書虫股份有限公司
讀者服務信箱：service@readingclub.com.tw
城邦網址：http://www.cite.com.tw
香港發行所 城邦（香港）出版集團有限公司
香港九龍土瓜灣土瓜灣道86號順聯工業大廈6樓A室
電話：852-25086231　傳真：852-25789337
電子信箱：hkcite@biznetvigator.com
馬新發行所 城邦（馬新）出版集團
Cite (M) Sdn. Bhd. (458372U)
41, Jalan Radin Anum, Bandar Baru Seri Petaling,
57000 Kuala Lumpur, Malaysia.
電話：+6(03)-90563833　傳真：+6(03)-90576622
電子信箱：services@cite.my
麥田部落格 http:// ryefield.pixnet.net
印　　刷 漾格科技股份有限公司
初　　版 2024年12月
售　　價 399元
ISBN：978-626-7525-02-9
EISBN：9786267525012（EPUB）

國家圖書館出版品預行編目資料

強盜的女兒／阿思緹・林格倫（Astrid Lindgren）著；張定綺譯. -- 初版. -- 臺北市：小麥田出版：英屬蓋曼群島商家庭傳媒股份有限公司城邦分公司發行, 2024.12
面；　公分. --（故事館）
譯自：Ronja Rovardotter
ISBN 978-626-7525-02-9（平裝）

881.359　113009780